私のエンディングノート25

はじめに

終末医療や終活に関心を持つようになったのは、20数年前の夜半、激しい頭痛と吐き気を訴える母を大学病院に救急搬送した際に誤診されたことによる。

救急医は、面倒くさそうに「吐き気は治まったから早く救急処置室を出るように」と促した。仕方なく、自力で歩けないほどグッタリしている母を抱えて出た廊下で大出血し、1カ月後に死去した。医師は、搬送前からくも膜下出血を発症していたことを見逃したというか、真面目に診察しなかった。

病院地下の目立たない場所に張られた「医療に納得できない方へ」と書かれたチラシに載っていた弁護士を訪ねると、勝てるから提訴したらどうかと勧められたが、当時は仕事にも私生活にも行き詰っており裁判で争うだけの気力がなかった。

だが、母の死は無駄にならなかったと思う。それまで興味のなかった医療関連の本をよく読むようになり、人の死について考える時間が多くなった。医療に関する取材をするようにもなっていった。
その後、終活という言葉が使われ始めた頃からエンディングノートが広く知られるようになると、「個性あふれる人たちはどんな最期を望んでいるのだろう。最期もやはり個性的なのだろうか。ぜひとも話を聞いてみたい」と考えるようになった。それが、今回のエンディングノートのインタビューに至った次第である。

奈良林和子

目次

死に方は自分で決めていい

自費出版でムック本を2冊出す

中村うさぎ

作家

1958年生まれ。福岡県出身。同志社大学卒業後、OL、ゲーム雑誌ライターなどを経て1991年にライトノベル小説家としてデビュー。『ゴクドーくん漫遊記』などで人気を博す。その後、エッセイストに転じ『ショッピングの女王』『さびしいまる、くるしいまる。』『美人になりたい』『死からの生還』など、著作多数。

Ending Note

——余命の告知は？

してほしい。3ヵ月と3年では違うから。3ヵ月なら税金を踏み倒してもいいかって（笑）

——介護してほしい人は？

夫。でも、私の介護で腰を痛めたので、ゲイで無職の人を募集したら2人応募があった。


——遺言書は？

ほしい物があったら持っていって。エルメスのバックは猫が爪とぎしてしまったけども。


——死ぬ前に会っておきたい人は？

漫画家の萩尾望都。出版社から「対談しませんか？」と言われたことがある。でも、憧れの人には会わないほうがいいかもしれない。


——死ぬ前に謝っておきたい人は？

30歳代の頃に書いた中高生向けのライトノベルの続編を、25年経った今でも待ってくれるファンがいる。もう書けないので謝りたい。


——もし、あの世があったら誰に会いたい？

自殺した従妹になぜ死んだのか聞きたい。東電OL、永田洋子、福田和子にも真相を。

3年半前、体が硬直するようになり歩けなくなって、2度の呼吸停止と1度の心肺停止に陥って、3日間意識不明の昏睡状態でした。医師は家族に「このまま脳死の可能性もある。覚悟してください」と告げたそうで、病名は確定していないけれども「スティッフパーソン症候群（神経性疾患で自己免疫疾患の一種）」ではないかと言われている。死ぬ病気ではないのに死にかけて、意識が戻った私に医師は「中村さんはすぐに死んじゃうから」なんて。

白い光に包まれたとか死んだおばあちゃんが迎えに来たとか、そういうことは一切なくて電気が消えたように真っ暗だったから、スピリチュアルなんてクソ食らえ、死後の世界はないと確信しましたね。私には、臨死体験はなかったことを世間に言いたいと思いました。

6ヵ月の入院中、病院の隣にあるオフィスビルの喫煙ブースまでたばこを吸いに行っては看護婦さんに「たばこ吸ったでしょ」と怒られて「いえ、吸っていません」と高校生みたいで、迷惑な患者だったと思う。貯金は一銭もないのにずっと個室にいて、佐藤優さんと岡本夏生さん、伏見憲明さんが発起人になってカンパを呼び掛けてくださった。誰がカンパしてくれたのか、夫は私に知らせないほうがいいと思っているみたいで何も言わないから、誰にもお礼を言ってない。恩知らずだと思われているかもしれないけども本当に知らないので。

入院中も自力では歩けない今も、夫は献身的に介護してくれます。もともと可哀想だからと野良猫を何匹も拾ってくるような優しい人で、私にも何でこんなに優しくしてくれるんだろうと感謝している。私より10歳年下だから、いつか(私を)介護することになると思っていただろうけども、こんな早くとは。いつか死ぬときには「介護してもらってすみませんでした。私のような女と結婚してくれてありがとうございました」とお礼が言いたい。

実際に死にかけた経験から、人ってけっこう簡単に死ぬんだと思いました。ころっと死ねるいいチャンスだったかもしれない。以前、友人ががんで危篤だと報せを受けて病院に行ったら、死んだ直後で、体がよじれて口を大きく開いていた。すごく苦しんだ様子で叫びながら死んでいったんだと思うと、自分はいつ死んでもいいけども苦しむのは嫌ですね。苦しまないでころっと死にたい。医療用大麻の解禁には賛成です。

退院したあとに『海を飛ぶ夢』（スペイン・フランス・イタリアの合作映画）を観て、尊厳死についても考えるようになりました。裁判を起こして尊厳死を勝ち取っていくという話で、体が動かなくなったら、死期と死に方は自分で決めてもいいのではないかと思う。

私も歩けなくなっただけで、もの凄い無力感を感じました。トイレにもひとりでは行けなくて、夜は夫を起こしては悪いからとギリギリまで我慢してオムツに漏らしてしまったり……。それから、母がアルツハイマーになってボケたのを間近で見ていると死ぬよりボケるほうが怖いかもしれない。

死にかけたからこそ思いついたこともあります。先延ばしにしていたことは死ぬ前にやっておこうと、自費出版でムック本を2冊出すことにしました。売春の非犯罪化を認めましょうという本と、もう1冊は表現規制に関する本。児童ポルノに生身の子どもを使うことは私も反対です。でも、アニメや漫画など2次元まで規制するのはやり過ぎとも思う。どちらも出版社が敬遠するような内容の本です。クラウドファンディングで資金も集まったし、それを書かなければ死ねないというほどではないけども、仕事を休んでいる間に雑誌の連載がなくなってテレビのレギュラーも喧嘩して辞めたから暇になったしね。

ブランド品にホストに整形、お金を使いまくって借金までしてやりたいことは全部やって、いつ死んでもいいと思えるくらい楽しかったから、今は出前を頼むのに2000円を超えると躊躇するような生活でもまったく後悔してない。

葬式も墓もいらない

ただ、ひとつやり残したというか後悔していることはあります。若い頃、自分がまだ女として売り手市場にいたとき、すぐにセックスしたら安い女と思われるという価値観に縛られてヤリマンでなかったことが悔やまれます。

男と付き合うときはもったいぶってデートを何度かしてからと手順を踏んで、付き合う男がいたらほかの男とはHしなかったので経験した男の数が少なかった。ある漫画家にそのことを話したら「私は3ケタ」とバカにされた。私にとって男とは理解しがたい存在で内面的に長い間男と喧嘩してきた。それが、デリヘル嬢を体験したことがきっかけで男の人と和解できたように思います。裸同士で向き合うと気が緩んでいろんなことを話してくれて、「一人ひとり物語があって男の人も大変なんだな」って、男の言い分も聞いてあげましょう、理解してあげましょうという気持ちになった。

入口はセックスで、1ヵ月くらい付き合ったら次の男に行くとか、やり棄てられることもあるだろうし、そのあとに恋愛してもいい。たくさんの男と付き合って学習したら、男で失敗することはなかったように思える。生まれ変わりはないはずだけども、もしあるなら、また女に生まれてヤリマンになりたい。

葬式に行くのが面倒で親しい人が死んでも行かないことが多いくらいだから、葬式はしなくていいです。墓も必要ない。友達の父親が絵描きで「骨はセーヌ川に撒いてほしい」と遺言を残していたので、遺族が実際にパリまで行ったら、許可がなかなか下りなくて夜中にコッソリとセーヌ川に撒いてきたとか。散骨なんて面倒なこともしなくていいです。歴代の猫の骨壺が並べてある自宅の出窓に私の骨壺も一緒に置いてもらって、夫が死んだあとは燃えるゴミとして捨ててもらえばいい。

（インタビュー・二〇一七年冬）

患者の顔見て話を聞け

軽々しく余命を口にしないでほしい

村西とおる
AV監督

1948年生まれ。福島県出身。水商売、セールスマンを経てインベーダー・ゲーム機の設置・販売で成功をおさめる。ビニ本・裏本の販売業に転じ、その後、AV監督となり「AVの帝王」と称される。前科7犯、抱えた借金50億円。自己破産することなく借金の返済を続けた。『村西とおる監督トップ・シークレット人生相談』『禁断の説得術 応酬話法』など著作多数。

Ending Note

——やり残したことは？
何もありません。

——延命治療は？
家族に迷惑をかけるならば望まない。

——遺言書は？
財産はない。書く必要があるようなセレブじゃない。

——墓は？
「私はお墓の中にいません」という歌もあるが、墓は残された者が納得のいくようにしたらいい。

——大切な人へのメッセージは？
息子へ、苦しいときでも笑顔を忘れない人生を送ってほしい。

——死ぬ前に処分したい物は？
尻の穴まで皆さんにお見せしてますので、隠したい物や隠したい事など何もありません。

——生まれ変わりがあるなら次の人生は？
釣りが好きなので漁師になりたい。

ギリシャの哲学者エピクロスの「自分の死を見た人はいない。見ることができないとはないことで、人間には死がない」という言葉を胸に刻んでいます。そう考えるようになったのは、死への恐怖から発狂しそうになった経験があるからでございます。

今から5年前、心臓の弁に菌が入る25万人に1人という奇病にかかり、大学病院で「いつ死んでもおかしくない。余命1週間」と宣告されました。12時間に及ぶと予想される手術の前、医師は「50％の確率で助かる。あとの50％は残念ながら……」とうつむきながら芝居がかって言いました。そして、退院のときには、「おめでとう」ではなくて「手術しても、もう年だからいつ死んでもおかしくない」と告げたのです。

私はパニックになりました。心臓が止まるかもしれないと思うと生きていることが怖くなり、眠れない日が続き、体に変調をきたしました。同じ大学病院の精神科を受診したら、医師は人の話をろくに聞かず顔もよく見ないで「うつ病ですよ」と診断して抗うつ剤を処方したのです。うつ病なんかじゃない、発狂しそうな心は薬なんかで治るはずがない、医師には「まずは患者の顔を見て、話をちゃんと聞け」と言いたいです。

そんな私を心配してくれた知り合いの医療ジャーナリストが、昭和大学の南淵明宏教授を紹介してくれました。先生は「今、死ぬような病気じゃない。何かあったら、監督、私が絶対に、絶対に、絶対に助けてあげます」と言ってくださった。医師は責任を問われることがないよう「絶対に」とは言わないと言われているのに、南淵先生は3回も「絶対に」と言ってくださり、「何かあったら、チョチョチョッとやって治します」ともおっしゃった。心臓の手術がチョチョチョッとできるはずはないものなのに、そう言ってくださったんです。南淵先生は、心臓外科の権威であると同時に心まで元気にしてくれた心の医者でもありました。「いつ死んでもおかしくない」と宣告した医師や患者の顔をろくに見ようともしない精神科医とは大違いで、男が男に惚れたものです。

余命半年と言われて10年生きた人もいます。医者は軽々しく患者の余命を口にしないでほしい。余命宣告されて発狂しそうになった私の切なる願いでございます。「苦しい、辛い、助からない」と絶望のなかで死んでいくのではなく、「どんな状況でも先生が助けてくれる」と夢見心地であの世に行けたなら「許さない」と思う人などいないでしょう。

自分の人生を振り返りますと、皆様にご評価いただいたのでやって来られたのだと思うんです。7000人の姫君の足の付け根を視認し、3000本のAV（アダルトビデオ）を撮ってきましたが、生きるために選んだ道なんですね。よく、仕事のやり甲斐なんてことを言いますけれども、仕事とは、やり甲斐よりも人から評価されるかどうかだと思うんです。これまで長い間ご評価いただいて、今ではこれでよかったと満足しております。

そもそも、私は「言葉の世界」を持っていました。以前、英会話教材・百科事典のトップセールスマンだった頃、会社の独身寮を営業で訪問して私が話し始めると、感動して泣き出すお客さんがいたくらいでした。

おスケベの世界に入ってからも、「お待たせいたしました。お待たせし過ぎたかもしれません」と語り始めると、男性陣は、パブロフの犬のようにパンツをお下げになる。AV女優さんは、言葉によって真実を炙り出され、本物の阿鼻叫喚の世界を繰り広げる。言葉を持ったAV監督として、負ける人はいないと自負しております。

AVを通じて女性の性の解放を最初に行ったのも、私ではないかとも考えております。86年、黒木香さん主演の『SMぽいの好き』では、それまでの男を興奮させるためのAVではなく、女性が自ら性の快楽を貪欲に求めるという新しい世界を描きました。ジェンダーの学者が性の解放をしたんじゃありません。

現在、私は元気にしておりますので、その様をご覧になった方が「まだ、自分も頑張れる」と思っていただけたら嬉しい。ビニ本時代の知人に、元帝国陸軍という92歳の男性がいました。10歳ほど年下のご婦人と暮らしておられ、私がお邪魔してつい長居すると「もう、そろそろ帰れ」というような……。その年まで夜ごとお盛んで、お元気だったんですね。私も、この92歳の男性を知っているからこそ、まだまだ頑張れると思えるんです。

謝りたい人は山ほどいる

死ぬ前に会いたいのは中学の同級生だったシノハラシズコさん。才色兼備でお茶の水女子大学に進学したと聞いています。休み時間はいつも一緒にいて、私の話をケラケラ笑いながら聞いてくれんです。こんなに幸せなら、いつ死んでもいいと思っていました。

迷惑をかけた人や謝りたい人は山ほどいます。とくに、あの世に行く前に謝りたいのは傷付けたまま別れた2番目の奥さんです。84年、猥褻図画販売容疑で捕まったときにお別れしてしまいました。親戚中が教育者という家庭環境で本人も幼稚園の先生をめざして頑張っていたなか、周囲から強く説得されたのでしょう。釈放後に電話したときは、私だとわかっているはずなのに「どなたですか」と言われてしまいました。

あの世で会いたいのは両親です。父親は鍋傘直しの行商人で極貧の生活だったけれども、父と母はいつも愛情を注いでくれました。楽しい子ども時代でした。でも、子どもには優しい父が母には殴る蹴るの暴力を振るいました。中3の反抗期に、母への暴力が許せなくなった私が包丁を持って掴みかかろうとしたんです。すると、母は「父ちゃんに何するんだ」と両手を広げて私の前に立ち塞がったのです。

結局、そのことを境に父は家を出ました。わが子を人殺しにしてはいけないと考えたんでしょうね。誠に父には親不孝なことをしてしまいました。（インタビュー・二〇一七年冬）

※　※　※

本橋信宏によるノンフィクション『全裸監督　村西とおる伝』を原作とする連続ドラマ『全裸監督』がＮＥＴＦＬＩＸにより19年8月8日から配信開始。村西役は俳優の山田孝之。

村西とおるのドキュメンタリー映画『Ｍ村西とおる　狂熱の日々完全版』19年11月30日公開。

親父のように死にたい

葬式坊主はいらない

戸塚宏

戸塚ヨットスクール校長

1940年生まれ。愛知県出身。名古屋大学卒業。沖縄海洋博記念・太平洋単独横断ヨットレース優勝。1976年、戸塚ヨットスクールを開校。1983年、訓練生の死亡事故により懲役刑確定。著作多数。ドキュメンタリー映画『平成ジレンマ』（東海テレビ制作）では、スクールの過去と現在が描かれている。戸塚ジュニアヨットスクール、大人向けの勉強会も開催。

Ending Note

―介護が必要になったら？
自分のことができなくなったら死なせてほしい。延命治療は患者のためではなくて医者のため。

―余命の告知は？
やっておくべき優先順位があるから、してほしい。

―死ぬ前に処分しておきたいものは？
隠し子もおらんし、隠し財産もないね。

―死ぬ前に会っておきたい人は？
若い頃、ヨットで太平洋を横断した当時の各国のヨットマンたちは今どうしているかな。

―死を知らせてほしい人は？
家族と親交があった知り合い。マスコミは大喜びするだろうから知らせたくない。

―悔やんだり後悔していることは？
スクールに来る前から生きることに絶望しており、屋上から飛び降りた子がいる。何とかして救ってやれなかったものかと悔やむ。

―墓は？
愛知にある親父の墓へ。半分は海に散骨してほしい。

―あの世があるなら誰に会いたい？
ガリレオ・ガリレイやヨハネス・ケプラーなど、迫害にあっても自分を信じて闘った人々。

人間は、生命力があるから死ぬ前に最高の努力をする。何とか生き延びようとしても、最後は「負けました。死にます」と体が自然にそうなる。それが死ぬということじゃないかな。

仏教は科学的にできているのに、坊主が金儲けのために宗教にしてしまったんやね。だから、初期の原始仏教だけ勉強して、ほかは無視せんといかん。

そこには、諸行無常がこの世の法則ですべてが変化すると書いてある。生ずるものは必ず滅するんだから自分だってそうだよね。できたら死にたくないとは万人が考えることだけど、それは我だと書いてある。我から来る救いようのない苦が四苦八苦で、陥らんようにするのが仏教の役目だ。

うちでは仏教を盛んに使うので、使う人間が四苦八苦ではしょうもないよね。死ぬときが来たら穏やかに受け入れる、そうできたら最高だ。

マスコミは間違っている

今までの人生を振り返ると、男としていい人生だったと思う。孟子の説く「千万人と雖も吾往かん（省みて自らが正しいと思えたら、敵対者がどんなに多くても自分の信じる道を進んでいこう〉」とは、今のうちのことやね。

最初、戸塚ヨットスクールは、普通の健康な子どもたちの訓練を行うスクールだった。ヨットを通して心と体を鍛えていこうというところだった。

そのなかにたまたま不登校児がおって、3日間訓練しただけで学校に行けるようになったもんだから、マスコミが取り上げるようになった。それで、不登校、引きこもり、家庭内暴力などさまざまな問題を抱えた子どもが集まってくるようになった。

カウンセラーや医者や教育の専門家のところに行っても治らなかったから、最後の拠りどころとして来たんやね。生意気で手間がかかって、そんな子どもたちとは付き合いたくない。本当は預かりたくなかったんだが、ほかに行き場がないので断ることもできなかった。

当時、マスコミはスクールをさんざん持ち上げておいて、訓練生が死亡する事件が起こると一転して「戸塚ヨットスクールは悪だ」と書きたてた。だが、何もわからずにスクールのすべてを批判したマスコミは間違っている。日本のマスコミがあれほどバカだとは知らんかったね。

今でも、問題を抱えた子どもを預かる。「あの子が悪い。親が悪い。学校が悪い」と言っているうちは何も変わらない。自分のせいだと思わせないといかん。何でも人のせいにしていた子が、弱かった自分を超えて進歩していくんだ。

発達障害や新しい情緒障害が次々にできて、そう診断された子どもも来る。専門の医者にかかっても治らなかったのに、うちで治ってしまうんだね。病名をつければ投薬できるから、新しい精神疾患をつくりあげて喜んでいるのは製薬会社だ。

強く逞しくなったら、本人が一番嬉しいんやが、教えたほうも嬉しい。教育者は最高の仕事、そういう幸福感を味わえる。教え子の進歩は人生のなかの最も喜ばしいことで、幸せな仕事をしていると思う。

大きくなって問題が起こってからでは時間がかかるから、まだ問題のない小さいうちに鍛えておこうと、幼児から小学校の子どもを対象に戸塚ジュニアヨットスクールを定期的に開催している。

お母さんが男の子を理想の男性像に仕向けようとするので、野口英世や豊臣秀吉じゃなくてジャニーズみたいになってほしいらしいが、あんなのは男じゃないよ。女なら許すが男は強くないといけない。ジュニアスクールでは、子どもとして進歩していく。

76歳になった今、これから先は男を育てていきたいね。国をつくるのも、国を大きくするのも、国を維持するのも、男の仕事だ。男がダメになったらどうするんだ。男がダメになったら国は亡びる。

大人向けには、正しい精神を身につけるための勉強会を行っている。神道・仏教・儒教をもとにした日本独自の精神論である大和魂を取り戻して、人の心を何とかしなければいけない。

今、我われが使っている欧米の精神論は、戦後、米国から押し付けられたものだ。マッカーサーは、日本が再び強くなって米国に歯向ってくることを恐れたために大和魂は禁じられてしまった。

占いでは94歳まで現役で海に出ているだろうと言われたが、最期のときが来たら、84歳で心筋梗塞で亡くなった親父のように死にたい。

（親父が亡くなった日は）ピンピンしていて元気だった。朝風呂に入って、昼飯にビール1本と刺身にとんかつを食べている。その後、調子が悪くなったんだろう。病院に行って、「これで終わりなんだ」と呟いて亡くなった。病院じゃなくて家がいいが、そうやって逝けたらいいよね。

葬式には、資本主義経済のなかでできた〝葬式坊主〟はいらない。坊さんがいない、お経もあげない葬式を見たことがあるが、音楽が流れるなか、送る言葉を順番に述べていくというかたちで、そういう葬式がいい。

今の坊さんを見ていると、こんなのが坊主をしているのかと驚かされる。刑務所に入っていたときも、仏教の勉強がしたいから、個人教戒を願い出て坊主（教戒師）の話を聞こうとした。「私の解釈の間違いを指摘して」と頼んでも、「先生の解釈はユニークで」とか言って何も答えられない。結局、4年間、私がひとりでしゃべりっぱなしだった。

戒名もつけるなと伝えてある。戒名とは向こうの世界の位で、一番下から這い上がって行くのが面白いんだ。これが男だ。

（インタビュー・二〇一七年冬）

死とは「消える」こと

荒々しい人生だった

小沢遼子

政治評論家

1937年生まれ。東京都出身。法政大学卒業。ベ平連の運動に携わる。編集者を経て、1971年より浦和市議会議員、1983年より埼玉県議会議員を務める。その後、政界を退き評論家へ。『朝まで生テレビ!』（テレビ朝日）などテレビ出演多数。ラジオ『話題のアンテナ日本全国8時です』（TBS）には、26年間コメンテイターとして出演。

Ending Note

—死をどう考える？
先日、突然、直前まで親交があった高校時代の友人を失くして喪失感の中にいる。死とは「消える」ことだと思った。

—余命の告知や延命治療は？
もともと先のことは考えないほうなので、具体的なことは何も考えてない。

—大切な人へのメッセージ
がんを患い、独身で一人暮らしをする10歳下の弟へ。「くさらず、楽しいことだけ考えて生きていって」と伝えたい。

—財産は誰に？
子どもたちには生前贈与を済ませてある。残るものがあったら弟に。

—死ぬ前に処分したい物は？
旅行に出る前は何かあったときのために家の中を片付けるようにしているが、本が何千冊もある。死んだあとは誰かに処分をお願いしたい。

大学に入ってすぐに肺結核と診断され、2年7ヵ月、清瀬にある療養所にいましたが、それ以降は大病をしたことがないので、94歳で亡くなった母と同じくらいは生きられるだろうと思っています。今年、80歳になったから、あと十数年。

大学に行く女性がまだ珍しかった時代、母は、女の人が自立できないのは悲劇で「どうしても大学に行け」と考える人でした。私が結婚するとは思ってなかったみたいで、26歳のときに大学の同窓生と結婚したいと言い出した際、相手の家族構成を聞いた母の顔が青ざめたのを覚えています。

結婚式に向かうために家を出たあと、実家に残してあった私の本を庭に投げ捨てて燃やしてしまって……。それほど、怒ってました。確かに、舅姑に加えて弟や妹たちも同居する大家族の長男と結婚して、その家に入ったので、6個のお弁当づくりから1日が始まるという毎日でした。

熱心な求婚を受け、「好き」という気持ちから後先を考えずに突き進んで、若かったんですね。6年近い結婚生活のなかで、結局は自分の人生を生きていきたいと考えるようになって、2人の息子を残して家を出ました。

今までの人生を振り返って、後悔しているのは結婚したことでしょう。息子には、大人になってからも「何で、自分たちを置いて行った」と責められます。結婚には向いていなかった。子どもにも夫にも迷惑をかけました。結婚する前、米国留学の誘いがあったのに、夫となる人に「行くな」と言われたから行かなかったことも後悔しています。

夫だった人は大学の仲間なので、つい最近、何人かで集まったときに、皆から「離婚の原因は何だったんだ？　女房の男関係が派手だったからか？」などと問い詰められていました。

ウーマンリブはフリーセックス（好きになったら性的関係を持つのは当たり前だとする考え方）を標榜していたから、わっしょいわっしょいデモに参加するような元気な女でしたが、離婚後に引く手あまたのお誘いがあったことは事実です。でも、男に選ばれるのではなく、自分のほうから選ぶものだと考えていたので、少数の自分が選んだ男以外は石ころにしか見えなかった。「いいな」と思う人がいたら、せっせと通い詰めて押し倒して好きにさせましたね（笑）。

結婚していた頃は、家族の飯炊きをしながら編集者をしていました。離婚したあともしばらく続け、その後は30歳半ばで浦和市議会議員に転じ、埼玉県議会議員を務めました。当時は女性議員が珍しくて、メディアにたびたび取り上げられましたが、若くてエネルギーに満ち溢れてはいても、無知で向こうっ気が強くて無鉄砲だったので、傍からは危なっかしくて見てられなかったのでしょう。多くの人が声をかけてくださって力を貸してくれました。

寺山修司さんは街頭演説に付き合ってくださり、浦和の町を一緒に走り回りました。栗本薫さんは、ご自分の楽団を引き連れてわざわざ応援に来てくださった。また『朝まで生テレビ！』などのテレビ番組に出演するようになったのは、大島渚さんが指名してくださったからです。

ほかにも大勢の方に支えてもらったことをきちんと顧みることもなく、年を重ねてしまいました。友人や知人が示してくれた行為に対して、正当に価値の分だけ応えてこなかった。当時、せめて、季節の挨拶くらいはしとけばよかったです。

もしも、あの世があるなら、よく一緒に飲み、たくさんの助言や助力を与えてくださって、私の人生に最も大きな影響を与えた大島渚さんにお礼が言いたい。ほかにも、私を一人前にしてくださった多くの方々に感謝の気持ちを伝えたいです。母には、「私の人生、これでよかった？」と尋ねたい。

生まれかわりがあるならば、もう少し自分に注意を払って、損得の計算ができる人間になったらどうだろうと考えます。今は借家住まいでも、家の一軒くらいは持てるかもしれない。

大江健三郎さんには「あんたみたいに自分に関心のない人間は初めてだ」とあきれられ、澤地久枝さんには「お人よし」と罵られ、文筆家の小室加代子さんには「いつまでたっても女子大生」、田辺聖子さんからは「武蔵野の丸かじり乙女」と言われました。田辺さんは私のことを、知的でなく、洗練されてないと言いたかったのでしょうね。

自分がどんな死に方をするのかわかりませんが、事故にあって苦しみのなかで死んでいくのはつらいだろうと想像します。知人の別荘で、滑って熱湯風呂に入ってしまって大ヤケドしたり、旅先の旅館の風呂場で転んで背骨を折ったりと大変な目にあったことがあるので、あまり苦しまずに病気で逝けたらいい。

もし、介護が必要になったら、お金を払って知り合いの女性にお願いするように決めてあります。息子に頼めばやってくれると思うけども、子どもたちの生活を壊したくはない。2人の息子が結婚するとき、「親は、夫のパンツを洗うために娘を育てたわけではない。男のほうが体力があるのだから、共働きする妻の2倍は家事をやるように」と言い渡したくらいで、奥さんも仕事を持っているから負担をかけたくない。

私の人生は荒々しい人生でした。荒々しいとは、人のことを気にせずに楽しかったとも言えます。女ひとりで生きるのは大変でも、大変だと意識せずに、おもしろおかしく生きてこられたと思っています。

それから、真部さん（将棋界のプリンスと呼ばれた真部一男九段。07年、55歳で死去）のことは懐かしい思い出ですね。異次元にいるような感じの人だけども、話が合って楽しかった。息子は、中途半端な左翼より面白いと言ってました。焼きそばとおいなりさんが好きで、よくつくったものです。

（インタビュー・二〇一七年春）

在宅での死が望ましい

リビング・ウィル普及にはかかりつけ医を持つこと

岩尾總一郎
一般財団法人日本尊厳死協会理事長
慶應義塾大学医学部客員教授

1947年生まれ。東京都出身。慶應義塾大学医学部卒業、同大学院にて医学博士号取得後、テキサス大学留学。1981～1985年産業医科大学助教授。その後、厚生省(当時)入省。厚生科学課長など6つの課長を経て、2003年厚生労働省医政局長。2005年退官後、WHO健康開発センター長、国際医療福祉大学副学長を歴任し、現在は慶応義塾大学客員教授。日本尊厳死協会へは2006年入会、2012年より第6代理事長。

Ending Note

―介護をお願いしたい人、場所は？
自宅で最愛の女房に。

―遺言書は？
相続で揉めることがないようにお願いしている。

―死ぬ前に会っておきたい人は？
厚生省にいた頃も現在もいろいろな人に会ってきたので、とくにいない。

―謝っておきたい人は？
人を不愉快にさせたことはあるかもしれないが、覚えていない。人には、喜んでもらったことのほうが多いのではないかと思っている。自分はそういう性格。

―死ぬ前に処分しておきたい物は？
記憶は死とともに消滅する。だがさまざまな記録は消去する必要があり、パソコンの中身もすべて自分で処分するつもり。父は自分史を出版して、それが大量に残されたので困った。

―あの世があるなら誰に会いたい？
現実主義者なので、あの世はない。

―生まれ変わりがあるなら来生は？
生まれ変わりはないと思う。

薬学卒の父は、国立栄養研究所（現、国立健康栄養研究所）部長で研究費集めに苦労していた。

従って、中学・高校時代から、将来の進路については「文科系であれば、東大の法学部に入って大蔵省に行って予算をとってこい」、それから「理系であれば、医学部に行って厚生省に入って予算をとってこい」という親の意向を無意識に感じていた。医学部を受験したとき、「将来どうする」と面接試験で問われ、「衛生行政に進む」と答えている。

卒業した後は、「学位があったほうがいいだろう」という月並みな理由で大学院の公衆衛生分野に進み、その後留学させていただいた。都合12年間、「公衆衛生」の研究生活を送ったが、大学で１００人の学生を相手に講義し研究するより、もっと多くの人々のために仕事がしたいと考えるようになり、37歳のときに厚生省の行政官に転じた。20年以上医療行政に携わったが、最後は厚生労働省医政局だった。

医政局では87年以来おおむね5年ごとに、終末期医療のあり方について1万人規模の調査を実施している。04年、私が医政局長に就任して間もないとき、終末期患者に対する説明と終末期医療のあり方、末期状態における療養の場所、終末期医療体制などについての調査結果が出た。

その頃、当時の日本尊厳死協会理事長だった井形昭弘先生（故人）が局長室に来られた。井形先生は、当時の延命至上を医師の務めとする考え方や医学・医療技術の進歩によって、家族や医師が判断できない過剰な延命治療が施されている現状に疑問を抱いていた。老化を病気のように捉えて治療することは不合理で、自然に体が弱まり、枯れるように死んでいくのが望ましいということだ。

「不治かつ末期になったとき、自分の意思により延命装置を差し控え、自然の摂理に任せて最期を迎えるべき」と話され、「そのためにも終末期医療の事前指示書（リビング・ウィル）を広めていく必要がある。ぜひ、局長も退官後は会員になって活動してください」と説得された。

終末期医療に関する厚労省結果をどのように政策として生かすか、医政局長時代にやり残した事柄でもあったので、現在は日本尊厳死協会の理事長としてリビング・ウィルの普及に努めている。

リビング・ウィル普及のためには、かかりつけ医を持つことが重要だ。日頃から、かかりつけ医にリビング・ウィルを示し、万一のときには救急車を呼ばず、かかりつけ医に往診を頼むことが望ましい。病院では臨終のときに家族が遠ざけられ、最期の別れをすることができないので、在宅での死亡が望ましいと考える。

余命宣告に意味はない

好きなゴルフのプレー中に心臓麻痺で逝くというのもいいかもしれないが、突然死は周りを慌てさせて迷惑をかける。私が看取った死に方のなかで、母は理想的な最期だった。50年間続けた女学校クラス会の幹事をやり終え、父の17回忌も済ませていた。父の死後は、毎年欠かさず国内旅行に連れて行ったし、やりたいことはやり尽くしただろうというときに、心筋梗塞で2週間ほど患ってから亡くなった。私も、麻痺が残らないような脳卒中か心筋梗塞で、2週間くらい病に伏した後で死に至るというのが理想だ。

余命宣告については、舌がんで「余命間もない」と宣告されたのに10数年生きた友人もおり、当たらないので望まない。医師に宣告された日から実際に死ぬまでの間の誤差が2週間くらいの精度にならなければ、告知を受けてもあまり意味がないだろう。

葬式は不要と考えているが、何もしないと、家を訪れる弔問客の対応に周囲が大変だったというケースを知っている。女房は大変かもしれないが、世間のためには、お別れの会のようなことをしたほうがいいと思う。先祖からの墓があるが、散骨か樹木葬を希望。

今までの人生を振り返ると、行政官だった時代、水俣病、エイズ、ハンセン病など幾つかの国家賠償請求訴訟を担当し、しんどい思いもした。医学生、研究者、行政官、それぞれの立場で水俣病に関わって、サイエンティフィック（科学的）には正しくてもポリティカル（政治的）には正しくないこともあるということが、行政官をやって初めてわかった。自分の人生の中では大きな教訓だ。

ただし、これまで、やりたいこと、やるべきことはやってきたので後悔することは何もない。今も毎日が楽しくて、明日死んでも悔いはない。尊厳死協会の理事長として、皆さんに、「生きていることは素晴らしい。尊厳ある生があってこそ尊厳ある死がある」と伝えたい。

（インタビュー・二〇一七年夏）

尊厳死の宣言書
（リビング・ウィル）

①私の傷病が、現代の医学では不治の状態であり、既に死が迫っていると診断された場合には、ただ単に死期を引き延ばすためだけの延命措置はお断りいたします。
②ただしこの場合、私の苦痛を和らげるためには、麻薬などの適切な使用により十分な

緩和医療を行ってください。
③私が回復不能な遷延性意識障害（持続的植物状態）に陥った時は生命維持装置を取りやめてください。
一般財団法人日本尊厳死協会
東京都文京区本郷2―27―8
・尊厳死協会員一部（50音順）――秋野暢子（女優）、牛尾治郎（ウシオ電気会長）、蛭子能収（漫画家）、小泉純一郎（元首相）、近藤正臣（俳優）、柳田邦男（作家）、吉永みち子（作家）

ラッキーな人生だと思う
言論の自由は絶対守るべき

Ending Note

—余命の告知・延命治療は？
余命はわかるならばわかったほうがいい。延命治療は望まない。

—どんな死に方を？
娘たちに迷惑をかけたくないから、冗談半分で、『朝まで生テレビ！』の放映中に静かになり、よく見たら死んでいたというのが理想だと言っている。

—財産は誰に譲りたい？
３人の娘に３等分に。

—死ぬ前に処分したい物は？
本が１万冊以上ある。自分で処分できなかったら娘に任せる。

—葬儀・墓は？
葬式は簡単に適当にやってくれればいい。生まれ故郷の彦根にある先祖からの墓は妹が継いでいるので、横浜に買った。

—謝っておきたい人は？
本人がいないところで批判する欠席裁判はしないことにしているから、とくにいない。嘘や隠し事もしないよう心掛けている。嘘や隠し事をしたことを忘れてしまうと困るから。

—大切な人へのメッセージは？
家族にも仕事仲間にもいつも本音で話しているので、別に言い残すことはない。

田原総一朗
ジャーナリスト

1934年生まれ。滋賀県出身。早稲田大学第一文学部史学科卒業。岩波映画製作所、東京12チャンネル（現テレビ東京）のディレクターを経て、1977年よりフリーのジャーナリストに。『創価学会』『脱属国論』『令和の日本革命』など著作多数。『朝まで生テレビ！』（テレビ朝日系）では、1987年より30年にわたって司会を務める。

もう80歳代になれば、死はいつ来てもおかしくないので、身近な問題として考えています。もしかしたら、明日の朝は起きないかもしれない。ひとりで住んでいるので、娘から「朝起きたら電話するように。風呂からあがったら電話するように」と言われています。電話をかけ忘れたときは、死んではいないかとかかってくる。

今までの人生を振り返ると、嬉しかったことはたくさんあります。なかでも、一番嬉しかったのは、早稲田大学の第二文学部を受験したときのこと。２次試験の結果は電報で来るものだと思い込んでいて、来なかったから不合格だと思った。その後、聴講制度というものがあって、聴講生になると次の受験で合格したら2年生から始められると聞き、早稲田の事務所に聴講の申し込みに行くと「あなた、２次試験に合格しています」と言われ、嬉しくて走りましたよ。

日本交通公社（現ＪＴＢ）で働きながら文学を学んで作家をめざしていました。同人誌の集まりでは「頑張っていることは認める。でも、ある程度の文章が書ける人の努力は努力と言うけど、君のは徒労だ」と言われて落ち込んでいるところへ、石原慎太郎が『太陽の季節』で新人賞を取り、本屋で立ち読みして「これはダメだ」と半分挫折した。弟のことを書いているから非常にリアリティがあって、自分は彼女もいないのに恋愛ふうの小説を書いたりしていた。その後に出てきた大江健三郎もすごい文体で、この2人の存在で完全に挫折し、作家は諦めてジャーナリストになろうと決めました。

そのために、昼の第一文学部史学科に入り直して、朝日新聞やTBS、NHKなど大手マスコミを受けたがすべて落ち、岩波映画製作所を経て東京12チャンネル（現テレビ東京）に入社した。当時は今と違って「テレビ番外地」と呼ばれ、一般の視聴者から相手にされないような局だったから、他局がやらない企画で勝負するしかなかった。5年前に書いた自伝『塀の上を走れ』（講談社刊）の「塀」とは刑務所の塀のことで、パクられるかもしれない危ない番組をつくっていました。実際、2回パクられた。

テレビディレクターとしてやり過ぎては何度も干され、最後に干されたときはまったくすることがないから「原子力船むつ」ができたときだったので青森まで取材に行って、筑摩書房の『展望』に「原子力戦争」という連載を始めた。それまで、原子力反対派の市民運動はあったが、推進派の市民運動が新たにできて、これは何だろうと取材していくとバックに電通がいることがわかった。そのことを書いたら「スポンサーをやらない」と圧力がかかって、会社から「連載を止めるか、会社を辞めるか、どっちかを選択しろ」と迫られたので退職しました。42歳でした。

ジャーナリストを志した原点は、小学校5年のときに迎えた終戦です。それまでは、海軍兵学校に入って軍人になりたいと願う軍国少年だった。1学期まで学校では「この戦争は、米国、欧州に植民地支配されているアジアの国々を解放させるための正義の戦いで、早く大きくなって戦争に参加して天皇陛下のために名誉の戦死をしよう」と教えていたのに、2学期になると同じ教師から「実は、あの戦争はやってはならない悪い戦争だった」と教えられた。新聞やラジオも言うことがまったく変わった。子どもながらに、大人たちの言うこと、とくに偉そうにする人やマスコミ、国家は国民をだますものだと強く感じましたね。

大島渚は2つ年上で、「もし、米軍が日本に上陸したら切腹しろ」と切腹の仕方まで中学で習ったそうです。国家に対する反発心は僕よりはるかに強い。彼の言うことはすべて反国家ですよね。

やり残したと感じるのは、昭和天皇にインタビューできなかったことです。取材を申し込んでも「前例がない」と断られました。昭和天皇は太平洋戦争には反対だったんです。なぜ、はっきりと言わなかったのか。あの戦争に勝てると思っていた日本人は誰もいなかったはずですよ。負けるに決まっている戦争を始めたわけですよね。その辺のところを聞きたかった。

間違った戦争を始めたのは言論の自由がなかったからで、言論の自由は体を張ってでも絶対に守らないといけない。だから、僕にとってタブーはないですよ。何でも言うし、何でも書きます。

戦後72年、日本の生き方は成功だったと思っている。自衛隊員はひとりも戦死していないし、戦争に巻き込まれていない。世界状況が変わっていくなかで、いかに日本が平和を維持できるかです。

この先、まだ、やりたいことはいくつもある。僕は好奇心が強いので、次々に新しいテーマが見つかるんですね。ひとつは、講談社の『クーリエ・ジャポン』で連載している人工知能について。もうひとつは、この秋から来年にかけてバイオテクノロジーをやるつもりです。バイオは京都大学の山中伸弥教授がｉＰＳ細胞を発見して、おそらく、６、７年も経つとがんは治ってしまうんですね。そうすると、人間、死ななくなって、だいたい１２０歳くらいまで生きるようになるだろうという予想です。70歳まで働いたとしても仕事が終わってから50年もあり、たぶん、宗教の時代が来るのではないかと思う。バイオが終わったら、次は宗教をやりたい。

希望する会社に入れなかったことも、干されて退職に追い込まれたことも、今から考えると逆によかった。会社を辞めた後も仕事の注文は途切れず、この年まで現役で仕事ができて、ラッキーな人生だと思っています。よく、20歳に戻って人生をやり直したいと言う人がいるけど、私はそうは思わない。もう一度やり直しても、同じようにラッキーな人生が送れるとは限らないから。

（インタビュー・二〇一七年夏）

負い目があると死を恐れる

苦労はお金を出してでも買え

輪島功一

元プロボクサー

1943年生まれ。樺太出身。1968年、24歳でボクシングを始め、同年、プロデビュー。1971年にWBA世界ジュニア・ミドル級チャンピオンに。6度防衛、2度のリターンマッチ戦で2度タイトル奪還。通算成績は38戦31勝(25KO)6敗1分。引退後は団子屋・スポーツジム経営、テレビ出演や講演活動を行う。長野県・美ヶ原高原で出会って一目惚れした多生代夫人を「宝物」と公言する。

Ending Note

—やり残したことは?
仕事、仕事で女遊びしなかったこと(笑)。結婚してから浮気したことはない。

—後悔していることは?
養子に行ったこと。「あんなところに行かせやがって」と親を恨みたい気持ちもある。

—余命の告知は?
準備があるから告知してもらいたい。

—死ぬ前に処分したい物は?
処分しないと困るような物は何もない。

—死ぬ前に謝っておきたい人は?
謝るようなことは何もしていない。

—死ぬ前に会っておきたい人は?
白岩まさみちさん。今も会いたいけど消息がわからない。

—葬儀や墓は?
葬式はしなくていい。骨は庭に埋めてもらいたい。

—生まれ変わりがあったら来世は?
また、険しい道を歩んでも構わないから、ボクシングをやってチャンピオンになりたい。

現役時代は、「絶対にタオルを入れるな」と言ってあった。お客さんはオレの頑張りを見に来てくれるんだから、頑張って頑張って相手に向かって行く。「死なないからタオルを入れるな」ということは、「死ぬかもしれない」「死んでもいい」っていうことだった。危険だからって、今はすぐに止めちゃうよね。

74歳になって死を考えるとき、その時期が来たら死ぬことを割り切れる人間にならないとダメ。死を恐れるんじゃないの。死を恐れるとは、今までやって来たことに不満があって負い目があるんだ。これまでの自分に自信を持っていたら、死ぬときにオタオタすることはない。死ぬときはね、女房に「オレが死んでも泣くんじゃないぞ」と言ってますよ。

医者は金儲けのために長く生かそうとする、本当だよ。だけど、延命治療なんてバカバカしい。サボって何もしてこなかったから、少しでも長く生きたいと思うんだよ。「これもやっておけばよかった」「あれもしておけばよかった」じゃなくて、「これもやっておいてよかった」「あれもしておいてよかった」と頑張って生きてきたから、オレはここまで来れたんだ。死とは、悔いないで死ねるかどうかだ。輪島功一なんて中学もろくに行ってないけど、パッと死ぬよ。

この先、女房や子どもたちに迷惑をかけてまで生きていたいとは思わないね。女房に「オレがヨレヨレになって迷惑かけるようになったら、うまくやれ、うまく殺せ」って言ってあるの。「オレより先に死んだら引っぱたくからな、コノヤロー」って。

これまでの人生を振り返って確信しているのは、昔からの言葉どおり、「苦労はお金を出してでも買え」ということ。誰でも苦労はしたくないって思うよね。当たり前田のクラッカーだ（笑）。

私なんか、小学校6年生のときに漁師の叔父さんの家に養子に出されて、大人と一緒にイカ釣り漁をやらされた。労働力としてもらわれていったんだ。両親は樺太から引き上げて北海道の士別市に入植して、電気も水道もない開拓村暮らしだった。食べる物もなかったから口減らしだね。

船に弱くて酔うんで、いやー、苦しかったよ。船にはずっと慣れなかったけど、苦しくても仕事をしなければならなくて、スタミナと「やらなきゃいけない。やるのが当たり前。できなかったら死んでしまえ、コノヤロー」っていう自分をそこでつくった。漁は夜に出て朝の6時頃に帰って来るから、大人たちはそれから寝られるけど、自分は学校で寝るしかなかった。「痛ぇ。先生、痛ぇよ」ってよく引っぱたかれたよ。漁師は高校1年生まで4年近く続けた。

簡単なことを一生懸命やる

今までで一番嬉しかった思い出は、やっぱり、初めて世界チャンピオンになったときのことだね。

71年10月31日、東京・両国の日大講堂で、ローマオリンピックの銀メダリスト、WBA世界ジュニア・ミドル級王者のカルメロ・ボッシと戦ったんだよ。カエル跳び（しゃがみ込んで、そこからカエルのように跳び上がってパンチを放つ戦法）をやったら怒ってね。「オレ様の前でこんなことしやがって」と、猛然と打ち返してきたんだけど、15回判定勝ちを収めたんだ。予想は圧倒的にボッシ有利だったから、まさかって、28歳のときだった。

ファイティング原田さんは、16歳でプロデビューして25歳で引退している。自分は24歳でボクシングを始めて34歳で引退した。

学歴がなかったし、一旗揚げようと17歳のときに東京に出て来たんだ。金を貯めたら、自分で何か商売をやろうと思っていた。最初は自動車修理工場に勤めて、ガソリンスタンドの店員、新聞配達などをやったあと、白岩工業で土木作業員として働いていた。羽田空港の滑走路をつくったり、仕事はいくらでもあったから、サラリーマンの1年分くらいの給料を1ヵ月で稼ぐようになって、「金も貯まったし、スポーツでも始めようか」って考えていたときに、たまたま三迫ジムの前を通りかかった。

「もう25歳になるんですけど、ボクシングできるんですか」って聞いたら、「あー、金さえ払えば誰でも入会できるよ」って。当時は、スポーツで汗を流したいという理由からボクシングを始める人はいなくて、皆いつかはチャンピオンになりたいという野心を持っていた。自分はプロになろうとは思っていなかったから、最初は誰もまともに相手にしてくれなかったよ。「男のくせに、ベラベラしゃべりやがって」と言われていた。

現在、「輪島功一スポーツジム」というボクシングジムを経営していて、壁に「心体技」と書いた張り紙をしてある。体が技より先にあるということは、簡単なことを一生懸命にやれということだ。ロードワークや縄跳びをやるのは簡単だけど、飽きて単調な練習を嫌がる選手は一流にはなれない。ボクシングに限った話じゃなくて、簡単なことを一生懸命やることができれば自分の持っている以上の力が出せるのに、わかっていることができないのが人間。これからの人たちには、簡単なことを一生懸命やれる人になってほしいね。

講演会では、「そんなこと、言っちゃうの?」というようなことをハッキリ言うから、嫌われることもありますよ。「自分で自分の国のことを守りましょう」と言って何が悪いの。米国は来てくれないよ。日本人は、「これを言ったらマズイ、あれを言ったらマズイ」っていう八方美人が多い。米国じゃ、それでは信用失くすよ。もう、八方美人はやめたほうがいい。それから、今の時代は男女同権と言うけど、男と女は違うの。男に文句ばかり言ってはダメだ。女房が亭主に勝ってどうするの。男にうんとしゃべらせて、「そうねー、まいったー」「お父さん、頑張ってね」って言って、「よし、こいつのために頑張るぞ」と思わせないといけない。

（インタビュー・二〇一七年秋）

「理解者」を見つけてほしい

生まれ変わっても同じ道を辿りたい

カルーセル麻紀
タレント

1942年生まれ。北海道出身。幼少期より「心は女、体は男」であることに悩み、高校を中退してゲイバーで働き始める。30歳でモロッコに渡り性転換手術を受け、62歳のときに性同一性障害特例法に基づき戸籍上も女性になった。19歳のとき、3代目市川猿之助のすすめで日劇ミュージックホールのオーデションを受け、合格。以後、舞台やテレビ、映画などで活躍。

Ending Note

―延命治療は？
望まない。健康診断も受けてない。受けたことはあるけど、まずい食事が出たからトイレに捨てた。

―介護をお願いしたい人は？
自分はボケないと思う。でも、介護が必要になったら介護士をしている姪っ子にお願いしたい。

―葬儀や墓についての希望は？
葬儀は、参列してくれた人が楽しめるスタイルでやってほしい。お墓は40歳のときに建てた故郷・釧路のお墓に入ると思う。骨壺の中にお気に入りの指輪を入れてくれるよう頼んである。

―死ぬ前に謝りたい人は？
私が捨てた大勢の男たち。

―死ぬ前に会っておきたい人は？
昔、ゲイバーで一緒に働いていた人たち。

―死ぬ前に処分しておきたい物は？
昔の男のことが書いてある日記。

74歳になった今でも、10センチはあるヒールを履いているのよ。もし、ハイヒールが履けなくなったら、芸能界を引退しようと思っているわ。

74歳に見えないと言われるけど、大勢の友人や知人が死ぬようになって、そろそろ自分もお迎えが来る日のことを考えなければいけないわね。と言っても、たばこは日に2箱吸うし、お酒も毎日飲む。ビールにワインにシャンパン、テキーラ、ウォッカ。6年前に、もう少し発見が遅かったら足を切断するところだった「閉塞性動脈硬化症」を患って、「たばこは一番悪い。減らしましょう」と言われているのにね。

毎日午前11時に起きる習慣だから、「昼の12時になっても起きて来ないで様子がおかしかったら、そのまま息がなくなるまで放っておいて」と一緒に住む姉やマネジャーに頼んである。自分の家でそうやって死ぬのが理想。

30歳のときに性転換手術をして、体に相当な負担をかけているから、自分は50歳まで生きられないと思っていたの。でも、この年まで来たので、あと数年したら、性転換手術をして最も長生きした人になるはず。母親が93歳まで生きたから、自分も90過ぎまで生きられるような気が今はするんですよね。

最近、大阪にあった家を処分して、友人とは「財産をどうやって処分する?」という話をよくするわね。東京に2つある家をどうするかは、まだ決めていない。遺言を書いて親族がもめないようにしておかなければと考えているけど、兄弟も年だから遺産は甥や姪に譲るのがベストではないかと思っている。

着物は、100万円もした品物でも、売れば1万円くらいにしかならないから、売らずに喜んで着てくれる人に差し上げているの。そのほうが着物も喜ぶしね。アンティーク家具は、価値がわかるパリの友人に私が死んだらあげることになっています。価値がわからない人にあげたら捨てられてしまうでしょ。

自分の人生を振り返って、後悔していることは何もありません。小さい頃は、「どうして、私の体にこんなものがついているのだろう」といつも思っていたわよ。心は女で体は男、「おかま」「おとこおんな」と偏見に晒され続けて、人生は闘いの連続だった。でも、生まれ変わっても男に生まれて、辿って来た道をもう1回歩みたいと心の底から思っている。

芸能人では、最初は美輪明宏さんで、次が私でその次がピーター。今はオネエタレントが大勢いるから、この時代に同じことをやっても「カルーセル麻紀」は存在しなかったと思うのね。

ただ、親や兄弟に迷惑をかけたことだけは胸が痛むわ。結婚式には出席できなかったし、昼の明るい間は家に帰ることもできなかった。時代が変わって、今は皆が「麻紀が一番の誇り」と言ってショーを見に来てくれる。９人兄弟のうち、末の妹の結婚式だけは出席することもできたしね。式に出たとき、「カルーセル麻紀だ！」って、主役の妹より私のほうが人気者だったのよ。

楽しい思い出は、男にモテてモテてモテてモテまくったことかな。男が絶えたことは一度もない。別れるのを次の男が常に待っているような有り様だったから。

フランスから追いかけてきた男と披露宴だけしたことはあるけど、法律上の結婚をしたことはないのよね。法律ができて戸籍の性別を女にして名前も平原徹男（戦中派の父親が米国と徹底的に戦う男になれとの願いを込めてつけられた）から平原麻紀へと変えたのは62歳のとき。50歳くらいで戸籍上も女になっていたら、１回くらい結婚してみたかったかな。

裕次郎さんに会いたい

各界の著名人に可愛がってもらって、仕事も順調でした。鬼籍に入っている人も多くて、あの世で最も会いたいのはやっぱり石原裕次郎さんね。

裕次郎さんと出会ったのは、芸能界の仕事をしながら働いていた銀座の高級クラブ「ブルボン」。裕次郎さんはオカマが嫌いだと聞いていたから、傍に寄らないようにしていたのに、私を席に呼んでくれて贔屓にしてくれた。映画にも出させてもらいました。石原プロの映画に出演できたことは、その後の仕事にも影響してありがたかった。

いつかあの世に行ったら、大親友だった太地喜和子ちゃんにも会いたい。

それにしても、まさか、生きている間に戸籍を変えられるとは思わなかったわね。「麻紀が変えたから、皆も変えられるようになった。麻紀のおかげ」と言ってくれる。私は美輪さんがいたからこそ、今の自分があると思っている。美輪さんに本当に感謝しています。

昔は情報がなくて、自分が同性愛者だと知ったのは三島由紀夫の小説『禁色』を読んだときだった。今は情報がたくさんあるし、昔のような差別や偏見はなくなったはずなのに、自殺するほど苦しむ人がいる。そういう人たちに言いたいのは、ひとりでもいいから理解者を見つけてほしいということ。私の場合は、母親だけが理解してくれたわね。

それから、性転換手術をして性別を変えても、自分が女だったこと（男だったこと）を忘れてはいけない。せっかく女になった（男になった）のに、周りの人たちがそうは見てくれないと絶望してしまうことがあるから。

（インタビュー・二〇一七年秋）

※　※　※

ＮＨＫのドキュメンタリー番組・アナザーストーリーズ『〝オネエ〟たちは闘った～知られざる勇気の系譜～』（17年2月8日放映）では、美容家のＩＫＫＯやタレントのはるな愛ら、人気のオネエタレントたちが、「今の自分があるのはカルーセル麻紀さんのおかげ。周囲の偏見で苦しみながら生きていたときに、テレビを見て励まされた」と口を揃えている。北海道新聞夕刊では、17年11月1日よりカルーセル麻紀をモデルにした小説『緋の河』（桜木紫乃著）が連載された。

図書館への寄付はありがた迷惑

自分の母親でも「バカは嫌い」

呉智英
評論家

1946年生まれ。愛知県出身。早稲田大学法学部在学中は学生運動に傾倒。卒業後は文筆、評論活動を行う。社会・文化・漫画、ほかにもさまざまな分野へユニークかつ鋭い提言を続け、多くの知識人が思想的影響を受けた。著作多数。
（カメラマン・山崎のりあき）

Ending Note

—死を知らせてほしい人は？
あとになってから「えっ、死んでたの？」ということにならないために、近親者や親しくしている友人、知人には知らせてほしい。

—死ぬ前に謝っておきたい人は？
何人もいる。誰なのか、どんな内容なのかは公表したくないし、謝りたい気持ちはあっても実際には謝らないぞ。

—遺言書は？
相続人である弟に譲るかどこかに寄付するか、書かざるを得ないと思う。

—葬儀は？
基本的に何もしてほしくないんだけど、葬儀は親族でやり、出版社がお別れの会などを開くのではないか。

—墓は？
どこかその辺に捨ててもらうか、散骨や樹木葬もいいが、先祖代々の墓に入ることになると思う。大嫌いな母親と一緒の墓に入るのは本当は嫌なんだが……。

キリスト教徒であれば、「原罪のある人間は死に至るけど、神を信じていれば復活する」ということだが、俺は宗教を信じてない。死ねば虚無に帰る、今の命が終わって何もなくなるとしか考えてない。

釈迦の本来の仏教はね、「人間も世界も無常。この世の葛藤から離れて欲望も滅する。執着が終わるからこそ涅槃である」と説いている。浄土真宗などは「あの世は極楽」としているが、釈迦が説いた仏教とはずいぶんと変わってきているね。

あの世はない。ただ、ファンタジーとして仮にあるとするならば、昔、可愛がっていた犬に会いたいね。親しかった友人や知人にも再会したい。一番会いたいのは2年前に亡くなった漫画家の水木しげるさん。

会いたくない人は大勢いて、筆頭は昨年亡くなったおふくろだ。傷付けられたという体験は何もなくて、普通の母親だったけど、バカだから嫌いだった。最初にバカだと気付いたのは小学生のときで、自分の母親でもバカは世の中で一番嫌いなんだよ。10年前に亡くなった父親は大好きだったけどね。

「おふくろを嫌うなんて自分はおかしいのではないか」と悩んで、「男にとって母は理想の恋人」という俗説に子どもの頃から苦しめられた。でも、大学に入って、母親のことが嫌いだという友人が少なからずいたので安心したよ。「おふくろ以上の女を見つけることはできない」なんて悪しき俗説だね。

大嫌いな母でも、昨年12月に91歳で亡くなるまで3年くらい入退院を繰り返したので、近くに住んで面倒をみた。まぁ、〝税金〟を払ったんだよ。子どもとして放っておくこともできないから、義務としての〝子ども税〟って言ってるんだ。ただ、面倒をみたと言っても具体的には何もしないで、ヘルパーと家政婦に全部やってもらった。いろんな手配や手続きをしてただけだ。

母が亡くなったあとは実家を処分して、近くに新たにバリアフリーの家を建てた。個人用老人ホームになるようにと造ってある。将来、車いすが使えるように玄関にはスロープを設け、平屋の家だが室内には要所要所に手すりを付けて、トイレは寝室のすぐ横という具合にね。

最期のときを迎える場所は今住んでいる家か、病院か、どこか施設に入ることになるか、そのときの体力、余力によるだろう。

延命治療は望まない。おふくろは最後の1年間は激痛と不安に苦しんで、「死にたい。殺してくれ」と言っていたことを思い出すにつけ、俺は安楽死を望む。欧米では法的に認めている国もあるが、日本も法整備をしたうえで安楽死を実現してもらって、できれば選択に入れたいよね。ただ、俺の寿命がある間には実現しないだろうから、不要な延命治療は求めていないということを書いておくつもりではある。

今までの人生を振り返ると、まぁ、充実していたのではないかな（笑）。もともと文筆業をやろうと思っていたんだけど、どうしてかと言うとね、子どもの頃から何か知りたい、わかりたいという欲求が強くて、「こういうことがわかった」と知ったことを世に還元するのが文筆業だから、だいたい、やりたかったことをやって来たとは思っている。

楽しかった思い出は、これと言ってとくに思い浮かばない。あえて言えば、本を読んでね、「こういうことだったのか」と膝を打つときが楽しいよね。思想とか哲学の本を読んで、例えば、カントの『純粋理性批判』を読んで、カントは理性をこう考えているんだとわかったときとかね。そういう意味では楽しかったことはたくさんある。

後悔ということではないけど、物理学が好きだから、物理学者になっていたら面白かったと思うことはあるよね。今でも、物理学書なんかを読んでいろんなことがわかるとすごく面白い。「空間とは何か」というような本を読んで面白かったとも思うけど、実験や数式を解いて自分でわかればもっと面白かったろうね。文筆業をこの先もやっていくつもりだけど、やりたいことだけでなく、現実的に飯を食っていくためにやることも当然ある。物理学者になって大学にいれば、今のような浮き草稼業とは違って生活も安定していただろうね。

本は古本屋に売る

死ぬ前に処分しておきたい物は大量にある本。死んだあとに始末をしてもらうのは大変なので、元気なうちにどうしてほしいか意思を伝えておくつもりだ。物書きや研究者、学者は誰でもそうだと思うけど、部屋の半分以上を本が占めている。

今年9月に引っ越したときに相当な量を処分しても、まだダンボール100箱以上はある。譲られても困るような本もあるから、古本屋に売るのが一番いい。古本屋はプロだから、研究機関向きかコレクター向きか、どこに収めればいいかわかっているので、本が生かされると思う。

たくさんの本を残されても、遺族はたいてい持て余してしまう。でも、「お父さんが大切にしていたから」と捨てるわけにもいかず、図書館に寄付したがる人が多くいる。でも、ありがた迷惑だからやめてほしい。京都国際マンガミュージアムには設立（06年）のときから関わっていて、たくさんの持ち込みがあった。しかし、断ったケースが何件もある。骨董品の類も同様で、美術館に寄付されても余程の品でなければ迷惑だから、古物商に売ってしまうほうがいい。

公共機関への持ち込みより更によくないのは、高名な先生であっても、自治体が記念館を建てるなんてことは何の役にも立たない。さほどの利用率もないのに、建設費や人件費、維持費にどれだけの費用がかかるか考えてほしい。

これからの人たちに言いたいのは、「人生、しっかり生きると結構面白いよ」ということ。ただ、絶対に治らない難病に苦しんでいる若い人に、そう言い切れるかは疑問だね。

（インタビュー・二〇一七年冬）

息子は私を決して残酷な目に遭わせない

映画作品だけ残し、生きた痕跡はすべてなくす

松井久子
映画監督

1946年生まれ。東京都出身。早稲田大学文学部演劇科卒業。雑誌ライター、テレビ番組制作、映画プロデューサーを経て、1998年、戦争花嫁とアルツハイマー型認知症を題材にした『ユキエ』で映画監督デビュー。その後も、老人介護を軸に描いた『折り梅』、日米合作映画『レオニー』、ドキュメンタリー映画『何を怖れる　フェミニズムを生きた女たち』、『不思議なクニの憲法』の監督を務める。著作多数。

Ending Note

—死ぬ前に処分しておきたい物は？
私の感性や価値観がすべて入っている映画作品だけを残して、そのほか個人として生きてきた痕跡はすべてなくしたい。少女時代の日記や元夫と結婚前に交わした手紙はいつか読もうと取ってあるが、明日ポックリ逝ったら読まずに処分してほしい。

—やり残したことは？
仏教の勉強にはとても惹かれる。座学の勉強をしてこなかったので、時間ができたらやりたい。

—死に場所・死に方は？
両親は90歳過ぎまで生き、自宅で、老衰で亡くなった。ふたりとも欲張らず身の丈に合った生き方をしたから、ああいう穏やかな終わり方ができたのだと思う。私は欲張りだから父母のようには死ねない（笑）。

—葬儀について。
葬儀は死んだ人のためでなく遺族のためにするものだから、息子が思うようにやればいい。

—大切な人へのメッセージ
息子をはじめ、友人や仕事仲間、サポーターの人たちには小さな迷惑をいっぱいかけてきたから、「わがままでごめんね」。

—あの世があったら誰に会いたい？
あの世はないと思っている。

今まで何に恵まれたかというと何よりも人に恵まれました。とても幸せなことだと思います。

50歳を過ぎたときに自分のなかに創りたいものが溢れ出てきたという感じだったんですね。それまで、映画を撮ったことも監督をしたこともないのに、アルツハイマー型認知症にかかっている高齢女性を主人公にした映画『ユキエ』を撮りました。

女性監督の作品が珍しかったせいでしょう、ユキエを観てくれた方たちが、他の人にも観てほしいからと日本各地で自主上映会を開いてくれました。会場を探してチケットを売って、大変な手間がかかることをボランティアでやってくださった。

普通の映画監督と違って、私の映画は大手の配給会社では扱ってもらえません。上映会活動をやってくれる大勢のサポーターがいてくれたから、多くの方に観てもらうことができたんですね。

皇后陛下がお忍びで鑑賞

アルツハイマー病の姑を介護する嫁の実話を描いた2作目の『折り梅』は、02年の公開から15年になりますが、今もどこかで上映会が開かれています。彫刻家イサム・ノグチの母親レオニー・ギルモアの生涯を描いた日米合作映画『レオニー』の完成披露試写会は、800人のサポーターで埋まりました。

試写会には、実は、皇后陛下（現上皇后）がお忍びでおいでくださったんです。ユキエと折り梅の2作もDVDでご覧いただだいたと伺っていた皇后様とお会いすることができて、私の手を両手で握ってくださり「あなた、本当によく創りましたね」と。夢のような体験でした。

民間から皇室に嫁がれ、数々の苦労を乗り越えてこられた方です。私の映画の主人公たちも皆、苦労を乗り越えてきた女性です。

今の日本がギリギリまともでいられるのは天皇皇后（現上皇上皇后）両陛下の存在があるからだと思っています。戦地へ慰霊の旅に出られたり、被災地を積極的に訪問なさるなど、「こうあるべき姿」を体現されていて、おふたりの生き様は私たちのお手本ですよね。

誰よりも尊敬すべき生き方をなさっている。

不幸なことだけど、政治の世界には尊敬できるようなリーダーがいません。今の政権が行っている教育は、人々を考えさせないようにするもので、若い人たちが政治に関心を持たないようにすることに成功している。このままでは、日本の社会は危険なことになっていくだろうと不安を感じています。

私は今を生きたい人間なので、今が一番楽しい。これまでを振り返ると、ずっと楽しかったけどもずっと大変でした。たくさんの失敗を重ねてきましたが、失敗が私を育ててくれたと思っています。

失敗や試練をどうプラスに転換していくか、それが私の最も得意とするところで、自分のリカバリー能力を信じています。愚痴を言いながら被害者として生きるのでなく、失敗を恐れずにどんな結果でも引き受ける。人生は真剣に七転八倒しないと肥やしにならず、たかをくくっていたら絶対にいい結果は出ない。私の映画の主人公は、皆そういう女性たちでした。

今は71歳でまだ現役で仕事をしているので、人生をどう終えるかということにはあまり関心が向きません。それより、これから先の人生をエンドに向ってどう生きていこうかと考えています。

映画づくりは企画から始まり、シナリオ、資金集め、キャスティング、撮影、編集とすべてがハードだけども、もう1本だけ撮りたいという気持ちもあります。一方では、ずっと追われるように働く日々を過ごしてきたので、少しはゆっくりして自分の時間を楽しんでもいいかなという気持ちもあって、半々ですね。

3ヵ月ほど前、長く住んだ東京を離れ、近くに海がある神奈川の部屋に引っ越してきたのも、いずれはここでゆっくり過ごしたいと思ったからです。でも、毎日が忙しくて散歩に出る時間もないですし、まだ近所に何があるのかわからないような状態です。

死をどう迎えるかにということについて、延命治療は望まないとか、そういう基本的なこと以外はガチガチに決めておこうとは思わない。そのときが来たら、ゆるやかに自然の流れに任せるほうがいいのではないかと……。ただ、母を介護したときに、度々「迷惑かけてごめんね」と謝られるのが辛かったから、介護される身になってもそんなことは言いたくない。

自分で判断できなくなってしまったら、息子が私の最期の始末をするのは当然でしょう。5歳のときに離婚して以来、ふたりで生きてきたので、父親がいる家庭よりも母と子の絆は強いと思います。息子は高校も大学も海外に留学して、今は結婚相手の国のノルウェーに住んでいます。遠くにはいるけれども、お互いにベーシックなところで信頼しているから、私を決して残酷な目には遭わせないという自信はありますね。何も心配してないです。

息子は英語が堪能で、レオニーを制作する際は、米国サイドとの交渉役兼プロデューサーとして参加してくれました。アカデミー賞受賞作曲家であるポーランド人の作曲家に惚れ込んで、無理にお願いしてつくってもらった映画音楽を最初に聞いたとき、「お母さんの葬式の音楽が決まった」なんて言っていましたね。きっと、息子らしい送り方をしてくれることでしょう。

人生は一度きりだから小さく縮こまってないで、死ぬときが来たら、「あー、私、よく生きたな」と思って死んでいきたい。そうなるように今を精一杯生きている。これからの人たちには、自分の感覚を信じて自由に生きていってほしいですね。

（インタビュー・二〇一七年冬）

今をもっと楽しんでほしい

理想のシニアハウスをつくる

松原惇子
作家

1947年生まれ。埼玉県出身。昭和女子大学卒、米国クイーンズカレッジ大学院でカウンセリング修士課程修了。39歳のときに『女が家を買うとき』で執筆活動に入り、3作目の『クロワッサン症候群』はベストセラーとなり流行語に。『長生き地獄』『老後ひとりぼっち』など著作多数。シングル女性を応援する団体「SSSネットワーク」代表。

Ending Note

—延命処置は？
するわけない。されると困るから救急車は呼ばない。

—尊厳死を望む？
痛みは嫌なので、そうなる。

—死ぬ前に処分したい物は？
引っ越したときに、洋服や家具などトラック一杯分、処分した。古本屋に持って行くのが面倒だから本も捨てた。

—死ぬ前に謝っておきたいことは？
何もない。さっぱりしてるの、私。

—遺言状は？
いくばくか残ったとしても国に渡したくないから、いずれ書くつもり。

—墓は？
SSSで、女性のための共同墓を建立した。会員のために建てた墓だけど自分も契約している。

—葬儀は？
必要ない。どうでもいい。仲間も同じ考えだから何もしないと思う。

—もし、来世があるならば次の人生は？
未知に興味があるから今度は男、女を泣かせるような男。猫もいいかな。

70歳になる前は死ぬことは他人事だったのね。70歳になると身近な人で亡くなる人も出てきて、一番の関心事はどうしたらよく死ねるかということになった。今の目的はよく生きることではなくてよく死ぬこと。だから、「どうしたらよく死ねるの?」ということが頭から離れない。

少し前まで、私はひとりものだから、日常生活の中で死に移行できる孤独死が一番いいと思っていた。誰にも発見されなくてもかまわない、うじがわいたら高い税金を払って来たのだから行政に片付けてもらえばいい、何があっても家で頑張ろうと思っていたの。おひとりさまの今と老後を応援する団体「SSS(スリーエス)ネットワーク」の代表を務めていて、そこでもそういう話をしてきたし、『長生き地獄』(SBクリエイティブ刊)にもそう書いた。

でも、心はコロコロ変わるの。最近、別のことを思いついてね。一人ひとりが家で頑張るのもいいけれど、別の幸せな死に方もあるのではないかと考えている。

規則がない有料老人ホームを見つけて、ああいう所ならばいいという話をSSSのメンバーにしたことがあって、そのときに、「自分の道を切り拓いて生きて来たのに、最期だけ人の世話になろうなんて、合ってないんじゃない?」と言われたの。そうよね、自分でつくればいいのよね。

お金がないから自分では無理なので、プロジェクトチームをつくって、安価な管理料で入れる今までにない理想のシニアハウスを提案していきたい。まだ具体的なものはできてないけれど、いろんなアイデアがあって、しっかりしたものをプレゼンテーションできるようになったら、企業や自治体から賛同者が出てくると思う。団塊世代の高齢者が溢れかえって、既存施設では対応できなくなるだろうから。モデルケースをつくって成功させれば次につながっていく。そして私は『ガイアの夜明け』（テレビ東京）に出演する（笑）。

既存の有料老人ホームは嫌。なぜ、最期に人から管理されて人から与えられたものを食べなければいけないの？　多くの人はそれでいいのかもしれないけれど、私は嫌。例えば、ドイツやオランダでは個人の考え、個人の自己決定権が尊重されるのに比べて、日本人は自分で考えようとしないで人から言われるままに従ってしまう。日本はまだ未成熟な国なのよね。

理想のシニアハウスのことを考えると、楽しくて盛り上がってくる。守りに入って預金通帳なんか眺めているとすごく落ち込むのに、攻めの姿勢になると楽しくなる。

今までを振り返るといつも攻めの人生で、生活の保障なんてどうでもよかった。好奇心が強くて新しいことが好きなのね。興味のあることを追うことが好きだから、物書きの仕事は飽きることがなかった。それでも、39歳で『女が家を買うとき』（文春文庫）でデビューしてからよく30年も続けてこられたと思う。

後悔というほどではないけども、舞台で歌うことや踊ることが大好きだから、若いときに専門的な勉強をしておけばよかった、その道に進めばよかったと考えることはある。もし、宝塚に行っていたらトップスターになっていたかもしれない（笑）。今は物書きをしながら歌のライブをやって、シニアハウスの構想を考えて、体の調子もいいし、毎日がとても楽しい。

実は、若い頃は今ほど健康ではなかった。アレルギー性鼻炎でいつも体調が悪くて、いろんな病院に行っても治らなかった。そんなときに、知り合いから免疫学の先生を紹介され、国の機関に勤務されていた先生を訪ねたら、「免疫がないから」と言って私専用のワクチンをつくってくださることになった。その後、1年がかりで免疫をつくって、それ以降は元気になった。

日本人は薬の飲み過ぎ

どこの病院にも行かなくなって、医療離れすることで健康になった。薬も化学物質で副作用があるから飲まない。以前、風邪から息をするのも苦しくなって、処方薬を飲んだら喉の症状は治まったのに、立っていられないほど具合が悪くなって、講演会をキャンセルしたことがあるの。3日間寝て過ごし、薬を抜いたら治った。諸外国に比べて日本人は薬を飲み過ぎる。製薬会社が儲かるだけなのにね。

健康診断も50歳のときに受けたのが最後。胃にポリープが見つかって再検査したら、「きれいな胃だね。ポリープはあるけど、悪性じゃなくてイボみたいなもの」と言われたの。大したことなくても検診で何か見つかったら不安になるから、それ以降は受けてない。

がんだって、私の年になったら何もしないほうがいいの。脳卒中や脳溢血は半身不随や寝たきりになる可能性がある。でも、がんはそうはならずに放っておいたら死ぬのでウエルカムよ。がんで死にたい。昔、五味康祐さん（小説家）に占ってもらったときに、「75歳くらいで死ぬ」と言われたの。あまり年寄りになりたくないし、そのくらいで死ぬのが私にはちょうどいいかもしれない。

松原惇子

歌を歌い、ジムでストレッチ体操をして、シニアハウスの構想を練っていると毎日が楽しくてね。声を出すことは肺を鍛え、軽い運動は健康には不可欠で、何よりも毎日を楽しく過ごすことが体のためにとてもいいと言われたのね。自分でも気づかないうちに体にいいことをしているみたいで、長生きしたくないのに長生きしてしまうかもしれない。どうしよう……。

皆、先のことを心配し過ぎ。「今年は何をしようかな」と1年先まで楽しいことを予定に入れて、それを毎年繰り返せばいいの。何年も後のことなんて、どうなるかわからないのだから考えても仕方ない。今をもっと楽しんで。

（インタビュー・二〇一七年冬）

別れの会は「パーティーがいい」

墓はいらないし、戒名は反対

内田春菊
漫画家　小説家　女優

1959年生まれ。長崎県出身。1984年、4コマ漫画で漫画家としてデビュー。漫画『南くんの恋人』は幾度もドラマ化される。小説『ファザーファッカー』と漫画『私たちは繁殖している』でBunkamuraドゥマゴ文学賞受賞。近刊に『がんまんが〜私たちは大病している〜』。

Ending Note

―余命告知は
もちろん、してほしい。

―財産は誰に？
４人の子どもに均等に。

―死ぬ前に処分したい物は？
そんなにエロＤＶＤも持ってないし……、なんちゃって。

―死ぬ前に謝っておきたい人は？
会ったときに「あれは私の思い違いだった」と言いたい人はいるけど、大きいことはないかな。

―死ぬ前に会いたい人は？
会いたい人はいない。仕事ができればいいと思うのはカズオ・イシグロさん。小説を漫画にしたいと思って……。でも、格調高くて無理かも。

―死を知らせてほしい人は？
知らせてほしくない人はいます。母と妹が生きていたら、なるべく知らせてほしくない。「金はまだあるか」みたいな感じで乗り込んでくると困るから。

―あの世があるなら誰に会いたい？
ないと思うけど、もしあるならナンシー関さんや上田現ちゃん、死んだ知り合いに会いたい。

―生まれ変わりがあるなら来世は？
虐待しない親のところに生まれたいと思います。それだけで十分です。

一昨年に大腸がんの手術をして人工肛門になったけど、そんなに重い感じじゃないですから、死ぬかもしれないなんてまったく考えなかった。27歳のときに母と絶縁してから「もし自分が死んだら」と考えるようになって、普通には死について考えてますけどね。

親に虐待されて家出して、その後に漫画家になって……。母に謝ってもらいたかったのに謝らなくて、「お金をくれ」「実の親だからもっと金をくれ」と言うので、頭に来たから縁を切ったんですよ。そのことを税理士さんに話したら、27歳の頃はまだ子どもがいなかったから、「子どもがいないとどうしても（親に遺産が）行っちゃうかな」と言うので、だったら親に何をされたか小説にして恥をかかせてやれと思って仕上げたのが『ファザーファッカー』（93年、文藝春秋刊）だったんです。

15歳のときから義父に性的虐待を受けて、母はそのことを知っているのに助けてくれなかった。義父は横柄な態度で家族を服従させて、漫画を描くことも妨害されました。ファザーファッカーは義父のことを中心に書いたもので、それを今度は母親目線で書き直しています。

ダンスが好きで洋裁が好きで能天気な女の人が、いかにして毒親になっていったかってことですね。一度できあがったんですけど、文春の担当者に「もう一息」と言われて、これを書き終えないと死ねないという気持ちはあります。何年も待ってくれているので、もし今、危ないということになったら急いで書くことになる。

母はたぶん生きている

今までの人生を振り返ると、普通に頑張ってきたと思います。恋多き女とか自由奔放とか、勝手にそう書く人がいて困る。そんなこと、私は言ってないですからね。普通ですから。楽しかった思い出はたくさんあり過ぎて、とくにこれとは言えない。失敗したことや後悔していることは言い出すときりがないのかもしれない。

とくに……。やっぱり男の人のことかな。あそこで別れておけばよかった、ということは山ほどある。でも、何かいいふうに取っちゃって関係が続いて、別れるときは大変なことになったりして、もっと早く気付いて別れていればよかった、というのはいくつもあります。

母のことだって、高校1年生のときに、「あっ、この人おかしい。家にいたくない」とシンプルに思った。27歳のときに気付いたのは早いほうだったと思ってますけど、「もっと早く気付くことができたか？」と考えることはあります。

たぶん母はまだ生きていて、今ね、84歳。お婆ちゃんも長生きだったし、長寿家系なんですよ。前に遺伝子検査をしたことがあって、基本的には元気なんだけどストレスに弱いという結果はごもっともな感じ。

今はよく眠るとか、不規則な生活にならないようにしています。睡眠不足はダメですよ。それが一番がんのもと、病気のもとですものね。寝ているうちにがん細胞は死ぬから。何でもそうです。寝ている間の体を修復する力をなめてはダメです。

お酒と恋愛もやめました。こないだね、ネットスーパーの配達に嵐の松本潤さんによく似た人が来てびっくりして、「もしかしたら私は恋愛したくて、それを我慢しているから松本潤さんに見えたんじゃないだろうか」と考えたんです。娘が「似ていたよ」って言うので、「あー、よかった」と思ってね（笑）。写真を撮っておけばよかった。でも、配達の人に「写真を撮らせてもらえますか」なんて言えないですよね。

娘が2人と息子が2人います。もし介護が必要になったとき、お金があったら子どもたちじゃなくて他人にやってほしいです。介護で一番困るのは下の世話と着替えとお風呂ですよね。身内がやると身内が落ち込んじゃうから。

延命治療は、自分で決めるのは無理ですよ。子どもが、「もしかしたら？」と思ったら止められないじゃないですか。その子、ずっと「殺した」っていう思いが残るんですよ。赤塚不二夫先生も、何ヵ月も意識がなくても皆が先生のもとを訪れて、今にも起きそうだと言って、大好きなワインを鼻先に持っていったり声をかけたりしてました。機械につながれてまで生きたいとは思わないけど、難しいです。

私はごく普通の人間なので、死に場所は普通だったら病院だろうと思います。がんで死んだ友人の上田現ちゃん（ミュージシャン）は、死の3日前に病院から自宅に戻って息を引き取ったんです。最初のうちは冗談も言ってました。人が次々と会いに来て、皆でマッサージとかしてお節介して、皆で見送りました。そういうふうにしたのは彼の妻です。それだけのことをどうしてもやりたいと思う人が、ひとり身近にいなければ、ああはできない。死ぬときにそばにいる人が「家に帰りたくない？」と言ってくれて、「帰りたい」って言ったら、もしかしたら私もそうなる可能性はあるわけですよ。

お葬式は、誰かがいいことを言っても拍手できないじゃないですか。乾杯を献杯と言うくらいはいいけど、いいことを言ったら拍手したいし、音楽もかけたいし、楽しくしたい。私が死んで誰かが集まりたいと言ったら、普通のパーティーがいいです。お坊さんを呼んだりして、突然、宗教をやらなくていいからと、子どもたちに言っておく。

私、3回結婚しているんですね。そのうちのひとりが名家のところの人で、私の仕事が忙しいときも墓参りは行くんだろうなという圧をかけてきて、管理費や寄付なども私の稼ぎからどんどん払う。ひものくせに。もう墓参りはこりごりだから墓はいらない。お婆ちゃんが亡くなったときは私に相談もなく高価な戒名を付けてもらって、弔問客に「100万円したんですよ」って自慢してた。もちろん、払ったのは私。だから、戒名も反対!

（インタビュー・二〇一八年春）

親の死から多くを学んだ

人生の最期が地獄にならないように「準備」

木内みどり
女優

1950年生まれ。愛知県出身。1966年、劇団四季に入団。『安べェの海』（1969年、TBSポーラテレビ小説）のヒロイン役でデビュー。多くの映画、舞台、テレビ番組に出演。2018年4月よりWebラジオ『木内みどりの小さなラジオ』を開始。NHK大河ドラマ『西郷どん』に出演。

Ending Note

―介護が必要になったら誰に頼む？
例えば、落語とクラシック音楽が好きな人。気が合う人だと嬉しい。

―財産は誰に譲る？
財産は自分で築いていくもの。母が残してくれたお金で買った車「レンジローバー」を乗るたびに母を感じます。

―死ぬ前に処分したい物は？
パソコンのデータ。これをきちんと削除しないとね。

―大切な人へのメッセージ
夫と娘にはいつも本音を言ってるので、私が何を言いたいか全部わかっていると思う。何か決意するときに「お母さんだったらどうかな」と思いめぐらしてくれればいい。

―死を知らせてほしい人は？
誰にも知らせたくない。私のことなど、とっととと忘れてほしい。

―墓や葬儀は？
海に散骨したことがあるけど、いいものだと思った。墓、戒名、葬儀は一切不要。

私の父は心臓の検査で入院している最中に病院内の事故で亡くなりました。このとき病院や医療の恐ろしさを実感しました。治療したら治るとか、ちょっとした手術で治るなら医療を受けようとは思いますけど、大手術はしたくないですね。大きな手術をするとどうしても医療の側に引っ張られてしまう。最後まで、自分の意識下の時間を過ごして死んでいきたいと思います。

母は胃の手前に憩室というものができて、そこに食べた物が入って手術が必要になった。その前に試しに少し輸血してみたら、震えが出て凄いことになってしまったんです。母は怖がって、手術なんかしたらどうなるかわからないと手術を拒否。死を覚悟してからは会いたい人に会って、たくさんの方々と豊かな時間を過ごし、誰にも迷惑をかけずに消えていくように逝って……。母の友人たちは「ああいうふうに死にたい」と言っていました。

義母のときは呼吸器を外すことができず、食べられないから栄養を入れ、出せないから取るといった管々状態で、背中が腐るかもしれないからレーザーで焼きましょうと信じられないことが起こっていたんですよね。

どんな書物を読むよりも親の死から多くのことを学びました。『大病人』（93年、伊丹十三監督）や『巻子の言霊』（12年、NHKBSプレミアムドラマ）に出演したことでもいろいろ学びました。

巻子の言霊は、交通事故で全身不随になった女性がまばたきで何を語るかというドキュメンタリーで、私は巻子役をやりました。ある日、特殊装置を使ってまばたきで会話ができるようになると夫に「愛しています」と言い、その数日後には「私を殺してちょうだい」と言う。夫はどうすることもできない。

大病人は、末期がんの患者が残りの人生をどう生きてどう死んでいくかという映画です。私は、「そんなことをして、本人のためになるんですか」と医師と対立する看護師の役で、演じるにあたって、大塚の癌研究所（現がん研有明病院）の末期がんの病棟で夜勤を4日やったんです。患者さんは痰を自力では出せない。吸引するとき、とても苦しいので身をよじって苦しむ。が、看護師さんは平気でやる。もう拷問に近い。

台湾では、看護師で大学教授でもある女性が大病人（中国版）を国会議員に見せて議論を重ね、00年に尊厳死を合法化したんです。私も会員になっている日本尊厳死協会の人が台湾に行きまして、尊厳死のセレモニーを撮ってきて、それを見せてもらったことがあります。最後のお別れをしたあと、その人はクリスチャンだったので賛美歌が流れるなか、医師が人工呼吸器を外す。台湾だけでなく、尊厳死が合法化されている国は結構あるのに日本はまだ全然……。

溺れて死ぬか枯れて死ぬかという言い方があります。医療によって溺れるように苦しみながら死んでいくか、枯れてというのは、動けなくなる、出せなくなる、そして意識が朦朧として呼吸がゆっくりになり、ある瞬間に呼吸が止まるという死に方です。人生の最後が地獄にならないよう、Xデーに向けて準備をしておかなければいけないと思います。

死んでもお墓に入るなんて絶対に嫌。白い骨壺に入れられて針金でぐるぐると巻かれては土に還ることもできない。チベット文化の死者への弔い方を勉強したんですけれども、チベットやブータンの人たちは輪廻転生を信じているから、49日の間にその人らしかった物をどんどん捨てる。写真なんかビリビリ破いて、身軽になって、あの世に何でもない者として送ってあげるんです。だから、普通の人はお墓なんてありません。

スポンサーなしのラジオを開始

今までの人生を振り返ると、ラッキーで幸せだったと思います。

小学校の入学式で「気をつけ、前へならえ」という言葉を聞いたとき、「大声で命令されるなんて嫌。私は自分のやりたいことをやる」と全身で思った。母は私のそういうところをあまりいじらないで、のびのびと過ごさせてくれました。でも、学校ではそういう自分を押し通すことができなくて、高校1年生のときに我慢の限界だと感じていたところへ、劇団四季の研究生募集というのを新聞で見つけたんですね。応募したら受かったので高校は16歳で退学しました。

劇団に入って、舞台上の時空間は何て素敵なんだろうと魅了されました。研究生だから、「森の精3」などの小さな役をやりながら舞台の暗闇にうっとりしていました。劇団というところは変な人がたくさんいるので、人とは違う価値基準で動いても構わない場所でした。だから有難かったです。

67歳になり、「これはしたい。これはしたくない」と明確になって、4月からWebラジオ「木内みどりの小さなラジオ」を始めることにしました。スポンサーがいると自分の思うようにいかなくなるから、スポンサーなしで自分のお金でやります。初回のゲストは原子力工学専門の小出裕章さん、2回目は女性装をしている東京大学教授の安冨歩さんにお話を伺います。おふたりとも心から敬愛している方で、3回目以降も、できれば反政府で頑張っている人をゲストに……と思っています。

これからの人たちには、こんな日本になってしまった責任を感じます。図々しい者勝ち、嘘つきが勝ちのひどい世の中でしょう。かと言って、何もしないわけではなく、脱原発の活動や戦争に突入しないために、自分ができることはやっていくつもりです。

（インタビュー・二〇一八年春）

19年11月18日に逝去されました。ご冥福をお祈りいたします。

知ってほしい「タバコの真実」

築200年の家で「PPK」で逝きたい

渡辺文学

タバコ問題運動家　環境保護運動家　禁煙ジャーナル編集長　タバコ問題情報センター代表

1937年生まれ。旧満州出身。早稲田大学卒業。1978年、嫌煙権を掲げる市民団体に参加。1984年に「分煙」という言葉を提唱。全国で60件ほど提訴されてきたタバコ関連裁判では、「タバコ病訴訟を支える会」を設けて原告・弁護団を全面的にサポートした。

Ending Note

—延命治療や余命の告知は？

準備もあるので告知はしてほしい。延命治療は不要。


—遺言書は？

書きたい気持ちはありますが、それがいつになるのかわかりません。


—財産は誰に譲る？

2人の息子でしょうね。


—楽しい思い出は？

中学・高校・大学と野球をやっていた。73歳まで楽しんでいた草野球チームの思い出がいっぱいありますね。ときどき夢も見ます。


—後悔していることは？

英語をもっと勉強しておけばよかった。禁煙ジャーナルの取材で海外に行く度にそう思っていました。


—死ぬ前に謝りたい人は？

私がさまざまな活動をすることで経済的に苦労をかけた妻に謝りたい。


—もし、来世があるなら次の人生は？

父親は新聞記者で祖父も一時期記者をしていた。自分もジャーナリストに。

80歳になっても、死について考えるのは自分の中では5％くらいで、まだ遠い先のことだと思っています。

朝は自家製昆布水を飲んだ後にストレッチ、そして、腕立て伏せにダンベル運動とスクワット。それから外に出てバットを振り、最後にラジオ体操で仕上げる。その後、バナナと梅干し、ほうじ茶とカミさんがつくった特製生ジュースを飲みます。その甲斐あってか、いたって健康体で、医者にかかるのは花粉症のときくらいですね。

長くタバコ問題に取り組んでいますが、39歳まではヘビースモーカーで、最後の数年間は1日に60本以上も吸うほどでした。しかし、毎日、毎日、やめたいと思いながら吸っていた苦い記憶があります。現在でも、厚生労働省の『たばこ白書』によると、喫煙者の70％以上は、内心「やめたい」と思っているとの調査結果があります。

当時は、「公害問題研究会」というNGOで反公害・自然保護の運動をしていました。公害に関する絵本をつくっていたコピーライターの中田みどりさんが「嫌煙権」という言葉をつくったと聞いて、環境問題に携わる者がタバコを吸っていては他者に理解されないと考えるようになり、また、英国の王立医師会が発表した「タバコを1本吸うと寿命が5分30秒短くなる」というNHKのニュースを見て、きっぱりやめることにしました。

その後、83年、カナダで行われた「喫煙と健康世界会議」に参加した帰路、サンフランシスコ市に立ち寄り「禁煙条例」の原文を入手しました。この条例の骨子は「雇用者・経営者はタバコを吸う従業員と吸わない従業員の席や部屋をきちんと分けなさい」ということでした。翌年、この条例が施行されたことを確認してから、私が発行していた公害問題専門誌『環境破壊』で「分煙条例」として紹介しました。これが、日本で「分煙」という言葉が使われるようになったルーツです。

禁煙・嫌煙権運動を始めて40年ですが、日本はまだまだ遅れていると思う反面、タバコ規制は劇的に変化したという思いもあります。

40年前は病院の待合室に灰皿が置いてあって、新幹線こだま号に禁煙車両は1両しかなく、飛行機のタバコ規制もない。タバコ関連の訴訟もまったくありませんでした（38年前、タバコ問題解決に熱心な伊佐山芳郎弁護士と嫌煙権運動の中心メンバーが初の「嫌煙権訴訟」を提訴）。成人男性の喫煙率は約75％（女性は約15％）だったのに対し、現在は男性が30％（女性は10％）を下回っています。

今、日本は受動喫煙防止環境が多くの国々と比べて大幅に遅れている。20年のオリンピック開催までに何とかしなければいけませんが、問題なのは国と飲食店の姿勢です。

05年に施行された「たばこ規制枠組み条約」（FCTC）によって、「100％、タバコの煙のない屋内環境を推進すること」が決議された。これを受けて日本も、厚労省が全国の都道府県市町村に通知を出しているのに、室内環境は全面禁煙になってない。逆行する「たばこ事業法」という法律があるからです。財務省所管のこの法律は、健康問題よりタバコによる税収を重視しているんですよ。

過去に遡ると、日清戦争、日露戦争の際には、明治政府がそれまで民営だったタバコを戦費調達のために専売制にして喫煙を奨励したという歴史があります。第2次世界大戦では、戦地に向かう兵隊にタバコを「天皇からの下賜品＝恩賜のたばこ」として授け、喫煙者を増やしていったという事実もあります。

そもそも、財務省がタバコの監督官庁という国は日本だけです。諸外国では、日本の厚労省にあたるところが公衆衛生の見地から監督しています。タバコ会社は公害企業、犯罪企業と言われ、死の商人とさえ言われている。死の商人と言われる会社の株を3分の1以上も政府が保有しているなんて、国際常識に反している。今の社長はJTの生え抜きですが会長は元財務省の事務次官で、初代から3代目社長も元財務官僚です。この辺のところをメディアはあまり報じないけれど、皆さんに事実として知ってもらいたい。

タバコ問題は政治問題です。そういう意味では、政治的なロビー活動をもっと行っておけばよかったという後悔はあります。

あの世があるとは考えていませんが、仮にあるとするならば、国立がんセンターの疫学部長でタバコ問題情報センター初代代表を引き受けて下さった平山雄博士にお会いしたい。タバコ問題に関心を持つ医師がいなかった時代に、タバコの有害性を説き、『流行るタバコ病』という本では「日本民族は生き残れるか」とまで厳しい主張をされていた。先生は、国際社会から立ち遅れている日本の現状を憂いておられるはずです。この方がいなかったら、私がタバコ問題に長く関わることはなかったと思います。

まだ死を身近なことと捉えてないので、自分の死をとくに意識することはあまりありません。でも、いつか必ず来る最後のときは福島の南会津町（旧田島町）にある家で迎えられればという気持ちはあります。

先祖から受け継いだ築200年以上の家は、叔母（父の妹）が10年前まで守ってくれていました。私も幼少期に5年ほど住んでいました。叔母が他界してからは、毎月訪れて1週間ほど滞在し、家の手入れや庭の草刈りに汗を流しています。近所の人たちと会食・懇談することも楽しみですね。8畳間が2つ、16畳、6畳、4畳半、寝室、広い縁側、広い土間などがあり、屋根は茅葺きの上にトタンを乗せたもので、夏は涼しく過ごすことができる。この家でＰＰＫ（ぴんぴんころり）が理想でしょうか。

死ぬ前に処分したい物は、膨大な量になるタバコ関係の資料やポスターなどです。医療機関や医科大学などに受け入れ施設をつくってもらって寄贈したいですね。

（インタビュー・二〇一八年春）

後悔は権力闘争に巻き込まれたこと

生まれ変わっても政治家をやりたい

鈴木宗男

参議院議員

1947年生まれ。北海道出身。拓殖大学在学中から中川一郎の秘書を務め、1985年に初当選。1997年、国務大臣・沖縄・北海道開発庁長官で初入閣し、その後も要職を歴任。2002年、斡旋収賄の容疑で逮捕。起訴事実を全面的に否認し、437日勾留される。2005年、新党大地を旗揚げ、衆議院議員に当選。2017年、衆議院選挙に落選。2019年、参議院選挙に当選。ベストセラーとなった『闇権力の執行人』、佐藤優との共著『北方領土　特命交渉』など著作多数。

Ending Note

―延命治療は希望する？
いろいろな人を見舞って機械で生かされてしまうのは逆に可哀想だと思った。希望しない。

―介護をお願いしたい人や場所は？
家族からピンコロで逝けと言われている。もし介護が必要になったら自分の家で女房に。

―遺言書は？
この世に生まれ子どもの頃、夢を叶え政治家になれたことに感謝したことを記したい。

―死ぬ前に処分したい物は？
とくにないが、迷惑にならないよう整理だけはしておかなければいけないと思っている。

―死ぬ前に会いたい人は？
家族はもちろんだが心友である松山千春さんや生涯の戦友・佐藤優さん、後援会の皆さんに会ってお礼を言いたい。

―葬儀や墓の希望は？
北海道に先祖代々の墓があるが、次男なのでほかに考えなければいけない。葬儀は家族が私らしいかたちでやってくれるのではないか。

神様からいただいた命、与えられた命ですから、粛々とですね、受け入れなければならない。死について、私はこう考えていますね。

16年前、胃がんが見つかったときに転移していると言われて、人生終わったと思いました。ところが、お陰さまで、手術をしたら転移してなかったんですね。1年に1回は必ず人間ドックで検査していたんですけども、逮捕されて437日間勾留されましたから、2年以上も受けてなかったんですね。もう少し遅かったら駄目だったかもしれない。今年で70歳、生かされていることに感謝しています。

70年の人生を振り返ると、波瀾万丈でまさに天国と地獄を見ました。中学1年生の作文に「将来、政治家になる」と書いています。35歳で国会議員になり、49歳で大臣にもなり、長い政治生活を送りましたので、13歳の夢を実現できただけでもありがたい。

政治家を志した理由は貧しさですね。北海道足寄町の農家で、米の飯も十分に食べられず、小学6年生までは電気もないランプ生活でした。東京オリンピックの前だったから、ラジオから聞こえてくる話は東京のいい話ばかりで、これは政治の差だなと思った。政治好きだった親父の影響で、小さい頃から政治に関心を持っていましたからね。

「人生、出会い」がモットーでして、人と出会うことで人生さまざまな展開があると思います。親父が馬を売って無理して大学に行かせてくれたとき、東京には知人がいないものだから、近所の獣医さんが高校の後輩だった中川一郎先生を紹介してくれて、中川先生に大学入学時の保証人になってもらったんです。それが縁で、議員会館に出入りするようになると、気に入られて、大学生の頃から秘書をやっていたんですね。夢を実現できた巡り合わせに感謝しているということです。

後悔していることは、やはり、権力闘争に巻き込まれたこと。02年、田中真紀子氏を外務大臣とする小泉政権が誕生して、権力側とぶつかった。権力側の意図的・恣意的な国策捜査によって、政治家としての道が閉ざされました。このことがなかったら、鈴木宗男の政治人生は違っていましたね。政治家ですから、時には命をかけなければならないし、権力闘争はついてまわるもので、私自身は国策捜査に巻き込まれ、権力側に敗れたことはやむを得ないと思っているんですよ。

後悔は、応援してくれた人たちに対してです。「鈴木宗男は、政治家としてそれなりの立場に就いて日本を動かすぞ」と期待してくれたのに、本当に申し訳ない。あの国策捜査がなければ、政治家として、1番は神のみぞ知るところですが、2番・3番になれる自信はありました。そういう意味でも、鈴木宗男は日本のためにもっと働けたはずだと言ってくれる後援者への後悔と謝罪の気持ちは、一生背負っていかなければいけないと思っています。

女房にも謝りたい。2人とも中川先生のところで秘書をしていたので、職場結婚です。私は独身の頃から土日も休まず、結婚後も1年365日働いていましたが、それを当たり前のこととして文句を言われたことは1度もありません。もっと優しくしてやればよかった、好きなことをさせてやればよかったと思いますが、お互いにもう70歳ですからね。

収監される日の朝食には、私が肉好きなので高い牛肉に鯛の尾頭付きの味噌汁がありました。新しい旅立ちとの思いで、行ってこい、めげるなという女房の心意気だったんでしょうね。「悪いことはしていないんだから、胸を張って行きなさい。何も心配ない」と言って送り出してくれた女房に十分な孝行をしていない。

1年間刑務所にいて悟ったことが3つあります。ひとつは、信念を持って生きること、ぶれないこと。ぶれたら、周りの人は信用してくれません。もうひとつは、家族や友人、仲間の大切さです。家族はよく支えてくれたし、松山千春さん、佐藤優さんら友人や支援者がずっと私のことを信頼してくれたお陰で頑張ることができました。3つ目は、目に見えない力で生かされているということ。亡き両親やご先祖様の加護、万物の霊長に感謝しなければならないとつくづく思い、修行の時間だと自分に言い聞かせて過ごしました。

あの世に行ったら両親や兄に会いたい。大の政治好きだった父は私が20歳のときに死んだので、国会議員になったことを知ったらどれだけ喜んだかと思うと……（泣）。女房の両親にも会って、「世界一の女房です、ご両親のおかげです」と感謝したい。政治家・鈴木宗男の生みの親は中川一郎先生、先生が亡くなってからの育ての親は金丸信先生、金丸先生亡き後の指導者は野中広務先生でした。３人の先生にも感謝のご挨拶をしたいと思います。

生まれ変わっても政治家をやりたいですよね。政治家をやりたいし、今の女房と一緒になりたい。もうコリゴリだと言われていますけどね（笑）。長男、次男、長女もかけがえのない存在で、また家族にと願いますね。

やり残しているのは北方領土のことです。これだけは何とかケリをつけたい。安倍（晋三）総理に私の経験や知恵を最大限生かしてもらって、解決してもらいたい。領土問題というのは、相手があることだから、日本の主張が１００％通ることはないんです。今、総理は56年の日ソ共同宣言をもとに平和条約締結に向けプーチン大統領と交渉しており、私はそれが一番現実的だし、これしかないと考えています。

これからの人たちに言い残したいのは、「働く姿を示せ」ということ。少しでも楽をしていい給料を取りたいとか、今は甘い考えが多いと思いますよね。私には、誰よりも働いてきたという自負がある。子どもに何を残すかと問われれば、働く姿だと言いたい。働く尊さ、重みですね。これだけは明確に伝えたい。

また、3人の子どもたちには「人間かくあるべき」という言葉をそれぞれに残したい。お世話になった北海道、全国の皆さんにも、政治家・鈴木宗男としての心からの感謝の言葉を残したいですね。

（インタビュー・二〇一八年春）

生まれ変わっても「芸者」に

渥美清さんとの「想い出」

花寿美

芸者　舞踏家

浅草生まれの浅草育ち。4歳から日本舞踊を始め、24歳で芸者になる。渥美清ほか、多くの著名人に贔屓にされる。浅草でバー「花寿美」を営む傍ら、趣味の編み物の講師を務める。

Ending Note

―後悔していることは？
忘れちゃっている。後悔しても始まらないでしょ、私はそういうタイプ。

―余命の告知は？
実は、けっこう気が小さいので告知しないでほしい。鼻っ柱が強いだけなのよ。

―死に方、死に場所は？
浅草の場所で死にたい。ほかのことは流れのままにケセラセラね。

―介護が必要になったら？
知らない人にお願いしたい。知り合いだと気を使うだろうし、言いたいことも言いにくいでしょ。

―死ぬ前に処分したい物は？
数えきれないほど持っている着物かな。思い入れがあって捨てられないのもあるけど、ドンドン捨てるようにしている。

―死を知らせてほしい人は？
好きな人。それが誰かは言えないわね。

大病したことがないので、死についてとくに考えたことはないのよ。今、考えても仕方がないし、そのときが来たら考えようと思っている。これまでの人生を振り返ってみることはあるけどね。

料理屋の一人娘として不自由することなく育って、4歳から日本舞踊のお稽古を始めたのね。小学校の頃、「将来の夢」という作文で「踊りの先生か芸者さんになりたい」と書いたら、親が学校から呼び出しを受けた。浅草は昔、言問通りを境にして仲見世がある方を表観音、もう片方を裏観音と呼んで、裏観音には芸者置屋が何軒もあって、芸者の家の子が芸者になりたいと言っても構わない。でも、私の家は表観音のほうにあったからさ、「芸者になりたいなんて何てことを言うんだっ」て叱られたわけよ。

父親は54歳のときに脳溢血で亡くなって、料理屋は閉店。母親は働いた経験のない人で、自分で稼いで子どもを養うことができなかったから、私が知り合いの食堂でアルバイトをするようになったのね。まだ、中学1年生だった。

18歳になると劇団に入って、同時にモダンバレエのレッスンにも通った。劇団員は裕福な家庭の人が多かったけど、自分は生活のために働かなければならない。昼はデパートのマネキン、夕方からは芝居の稽古、夜はゴーゴー喫茶でゴーゴーガール。そんなキツイ生活を続けていた頃、「好きな踊りで生計が立てられたら」と考えるようになって、子ども時代に習っていた日本舞踊のお稽古を再開して、24歳で芸者になったわけ。父親が早くに亡くなっていなかったら、芸者にならないで、いずれは親の後を継いで料理屋の女将になっていたと思う。

踊ることが好きなので、辛いと感じたことは一度もない。この先もずっと芸者でいられたら幸せよ。芸にはこれでいいということがないから、今も日本舞踊のお稽古に通ってお客さんに最高の芸を披露する。芸者としての緊張感は、お座敷にいるときだけではない。ホステスは店にいるときだけホステスをしていればいいけど、芸者はね、家から一歩でも出たら芸者なの。だから、ゴミを捨てに行くときも紅をさす。

さまざまな人に出会えたことも、芸者をしてきてよかったことだと思っている。亡くなった人のことなら話してもいいかな。

映画『男はつらいよ』で寅さん（車寅次郎）を演じた渥美清さんは、後援会長に連れて来られたのが最初で、お座敷に呼んでもらうようになったのね。気の合う友達ばかり大勢で一緒に旅行したこともある。いつもは静かで無口な人なのに、もとは芸人だから、スイッチが入ると面白いことを言って笑わせてくれた。2人で浅草の街を歩いていたときには、

「一緒に歩いているところを誰かに見つかっちゃっても大丈夫?」と言って、スターである自分のことより私のことを気にかけてくれる。お偉いさんの中にはふんぞり返って威張るような人もいるけれど、本当にいい人だった。

それから、渥美さんは寅さんを辞めたがっていたわね。俳優を辞めてアフリカに行って本を書きたいという夢を持っていた。映画のために柴又に高いビルが建てられないことも気にしていたのよね。

たくさんの政治家にもご贔屓いただいて、なかでも中川一郎さんはいい人だった。スーツの上着を誰かが間違えて着て帰ったときも「花寿美ちゃんにあげるご祝儀が入っていたから、あげられなくなっちゃったよ」とニコニコしていたわね。お座敷を盛り上げてくれる楽しいお客さんだった。

『無法者一代飛田勝造伝』(牧野吉晴著)に描かれている飛田勝造さんも贔屓にしてくださった。高倉健さんが演じる映画『昭和残侠伝　唐獅子牡丹』の主人公・花田秀次郎のモデルになった人で、「死ぬ気はあるか」と若い衆を集めて山を爆破しに行ったときの話なんかをしてくれたわね。

お座敷では失敗したことも……。頭にくるお客さんがいたので、バッとお酒をかけて帰っちゃったことがあるのよ。後で料亭の女将さんに謝りに行ったら、「よほどのことがあったんでしょ。お客さんが来たら呼んであげるから本人に謝ってきなさい」と言われたのね。普通はさ、そういう芸者衆はその料亭には二度と入れないのにね。それで、「先日はすみませんでした」と謝りに行ったら、「いいんだよ。俺ね、どんなことを言ったら芸者が怒るのか試してみたんだ。気にしないでください」と言われて、その後はご贔屓になって、「今度は酒じゃなくてビールにしてくれよ」って（笑）。何を言われて怒ったのか覚えてないけどさ、粋で優雅なお客さんだったわね。

いろいろと貴重な経験をさせてもらった芸者生活。長年、続けることができて本当に楽しかった。また生まれ変わっても芸者になりたい。

私生活では、恋はいくつかあったけど結婚には至らなかったから戸籍上は処女よ（笑）。母親を扶養していたので、簡単に芸者を引退するわけにはいかなかったし、結婚しても平凡な主婦に収まることはできなかったと思う。結婚して芸者も続けられたら、それが一番だったかもしれない。

9年前に母親が98歳で逝って今は天涯孤独になった。両親が眠る墓は、私が死んだ後は誰もお参りする人がいなくなるので、そこには入らないつもり。浅草寺の五重塔に永代供養してもらえるところがあるから、そこにお願いしようと思っている。そのためのお金は貯めておかないといけないわね。

私は養女で、両親の実の子どもではない。でも、父親はとくに可愛がってくれていつも私のことを一番に考えてくれた。お父さん子だったからさ、あの世に行ったら父親に会いたい。あの世があってほしいと思っているのよ。

（インタビュー・二〇一八年夏）

大病しても歌で試練を乗り越えた

乳がん後もすぐにコンサート出演

園まり

歌手

1944年生まれ。神奈川県出身。東洋音楽学校在学中に、渡辺プロダクションのオーディションに合格。中尾ミエ、伊東ゆかりとともに三人娘結成。『何も云わないで』『逢いたくて逢いたくて』『夢は夜ひらく』などヒット曲多数。しばらくの休業を経て、2005年、40年ぶりに3人娘結成。現在は、テレビ・コンサート・人生体験を交えた〝語りでつづるライブ〟・老人ホームなどでの福祉活動など、幅広く活躍中。

Ending Note

—余命や病名の告知は？
人のために祈るとか、ベッドの上でもできることはあるので告知してほしい。

—死ぬ場所は？
迷惑をかけたくないから病院がいいと思う。

—死ぬ前に処分したい物は？
まだ母の荷物も姉の荷物も手付かずで置いてある。処分しなければいけないと思っているけれど……。

—大切な人へのメッセージは？
以前、亡くなった友人が私宛に言葉を残してくれていたのが嬉しかった。私もお世話になった方に何かしらの言葉を残したい。

—葬儀は？
先日、仕事でお世話になって、コンサートに来てくれていた方が亡くなり、葬儀で『逢いたくて逢いたくて』を歌ってほしいと頼まれている。自分のときも音楽葬がいいかも。

—あの世があるならば誰に会いたい？
私が今あるのも恩義を感じているかたがたや家族のおかげなので、会いたいですね。

一昨年、母が99歳で亡くなる前後、介護疲れもあってストレスがたまっていたんだと思います。医師から不整脈があると告げられました。「（伊東ゆかり・中尾ミエ・園まりの）3人娘のコンサート」をやっている最中でした。

楽屋で酸素スプレーが欠かせないほど酷くなったので、昨年、心臓にカテーテルを何本か入れる手術を受けたときは、歌があるから病気になんか負けていられないという気持ちでしたね。手術の1ヵ月後にはステージに立っていました。今は、なるべくストレスを溜めないように気をつけています。

父の看病で学んだこと

好きな言葉があって、10年前に乳がんを患った頃から、「人生、投げない。捨てない。諦めない」を自分の心の指針にしています。

乳がんの術後も、すぐに「3人娘のコンサート」に出演しました。ステージではハイヒールを履いて踊ったりするので、医師は「ホルモン治療で骨が脆くなっている。骨折したら終わりだよ」と心配していましたが、がんに負けるわけにはいかないと思うと自然に力が湧いてくるんですよね。仕事をせず、何もしなかったらうつになっていたかもしれない。

大病しても歌うことで試練を乗り越えさせてもらいました。実は、若い頃は歌うことが好きではなかったんです。父はいい加減で仕事を続けられない人だったから、代わりに家族の生活を支えていくために歌手になったようなものでね。嫌でも生業として歌っていました。

父はオペラ歌手になりたかったのに叶わず、娘の私に夢を託したんです。父が応募したコンクールに出たら思いがけなく優勝して、そして、すぐにデビューするとヒット曲が出て、階段を「タッタッタッ」と駆け上がっていくような感じでした。でも、心がついていかなかった。いきなりスターになっても戸惑ってしまって、決して嬉しくはなかったです。ずっと、父のことをよく思っていませんでした。末期の肺がんだとわかって、面倒をみなければいけないとなったとき、最初は「なぜ、父の世話をしなければいけないの？　お金を払ってあげなければいけないの？」と悩みましたね……。でも、あとで後悔したくないという気持ちもあって、やれるだけのことはやろうと心を決めてから本格的な看病が始まりました。

褥瘡ができていたので、「お父さん、痛い？　どう？」って、5分か10分おきに体位を交換してあげたりね。自分が嫌われていることはわかっていたわけですよ、父は。「嫌われているのに、ここまでやってくれるのか」と思ったんでしょう。一度も謝ったことがない人なのに、「悪かった」と謝りましたからね。そのとき、何だか崇高なものを見た気になりましたよ。87歳で亡くなる前に、親子の情というか絆を初めて感じることができたのではないかと思います。

何歳になっても、たとえ死ぬ間際でも、人は変われる、人間的に成長することができるということを父から学びました。それから、姉の死や母の死の際にも貴重な経験をしています。

長く私の付き人をやってくれていた親友のような姉は、8年前に67歳で亡くなりました。クモ膜下出血で倒れてから17日間、意識がないまま生きながらえてくれたんですよね。その間、いつ呼び出されてもいいように病院の近くにホテルをとっていました。人が亡くなる前に会いに来るっていう話、よくあるじゃないですか。

実は、私もそういう体験をしたんです。姉の死を迎える2日前、ホテルで仮眠をとっていたところ、「何だかだるいなー」と思って、パッと目を開けたら姉がいるんです。病院の寝巻を着た等身大の姉がいました。髪はボサボサだったけれどチューブは全部取ってあった。笑みを浮かべるとすっと消えてしまいました。それから2日間、会いに来てくれた人たちが姉に声をかけると、意識がないはずなのに目尻に涙の川ができていました。私が「お姉さん、こういうことがあったわね。ああいうこともあったわね」と話しかけると、半眼の黒目が動くんです。意識がなくてもちゃんとわかっているんですね。

母のときも、意識がないのに私が取材を受けた医療雑誌を見せると、目を動かしながら一生懸命探っているんです。「あー、わかっているんだ」って驚きましたね。だから、最後の最後に、「お母さん、愛している。そのことは絶対に忘れないでね」とそれまで照れくさくて言えなかったことを耳元で伝えました。

こういう経験をしているので、死んで人生終わりだとは考えません。魂は存在すると考えるようになったわけです。死は次のステージに行くためのステップで、魂は不滅だとも。

山あり谷ありの人生でした。でも、それが歌の道につながった。人生の深いところを味わなければ歌の心はわからない。これまでの人生を振り返ると、歌の心を知るための旅だったと思いますね。

以前、歌えなくなって仕事を休んでいた頃、父が「毬子（本名）、歌は天命だから忘れちゃいけないよ」と言ったことがあります。そのときは、私に依存し続けた父がそんなことを言うのかと思いました。今は、父の言葉をそのまま受け入れることができます。若い頃、歌を愛せなかったことを後悔もしています。

現在、コンサートやライブのほかにも、全国の自治体から声をかけていただいて、仕事をやらせていただいています。「先生」なんて言って、私の話と歌を聞いてくださる。いろんな方にお目にかかれるので、この先も、人生経験を交えた〝語りでつづるライブ〟を全国津々浦々で続けていけたらいいですね。それが願いです。

（インタビュー・二〇一八年夏）

どんな死に方でも文句は言わない

「孤独死」は使わないほうがいい

宮子あずさ
著述家　看護師

1963年生まれ。東京都出身。明治大学を中退し看護専門学校に入学。東京厚生年金病院（現JCHO東京新宿メディカルセンター）に22年間勤務し、内科、精神科、緩和ケアなどを経験。看護師長を7年務めた。また、1993年より大学通信教育で学び、2013年東京女子医科大学大学院博士後期課程修了。2009年から現在も精神科病院で訪問看護に従事。勤務の傍ら著述業・フリーの研究者として看護職への研究支援も行う。主な著書は『看護師という生き方』（ちくまプリマー新書）、『看護婦だからできること』（集英社文庫）ほか多数。

Ending Note

―楽しかった思い出は？
高校の同級生と結婚してから27年、昔も今もツレと一緒にいることが楽しい。仕事から帰って来るのが待ち遠しいです。

―謝りたい人は？
前の病院の部下に謝りたい。部下を酷い労務環境で働かせることに対し、私が上と揉めて辞めたんです。力不足で……。

―やり残したことは？
世直しですね。ジェンダーギャップ指数の低さとか、夫婦別姓さえ実現できなかったこととか、こんな世の中のままでは死ねない。

―死ぬ前に会っておきたい人は？
ツレがいればいいです。私のことを面白がってくれて寝落ちする瞬間まで喋っているんですよね。今が一番好きかもしれない。

―病名や余命の告知は？
物書きとして、知ったら闘病記を書かなければいけないと思うので知りたくないかも。半分、冗談だけど。

―介護をお願いしたい人や場所は？
ヨロヨロになってもツレと一緒にいたいから、家は介護ベッドが２つ並べられるようにつくってある。

00年に父が亡くなり、12年に母が亡くなって、死がすごくリアルになったと思うんですね。次は自分が死ぬんだと思っている。

父が亡くなったあと、「親は冥土の壁」という言葉を教えてもらいました。誰の言葉かはわかりません。でも、本当にそのとおりです。親がいる間は冥土は遠いんですね。親が隠してくれているのでしょうか。看護師として700人くらい亡くなる患者さんと関わってきたことになるのですが、それで自分の死というものを身近に感じたかというとそうでもなくて、親がいなくなったことが一番効いている気がします。

そうは言っても、自分の死を考えるうえで多くの死をみてきたことは大きいわけです。その結果、どのように考えているかというと「なるようにしかならない」と思っています。死というのは、いろんなことを決めておいても決めたようにはならないとね。

例えば、日本尊厳死協会に入っていても、外で倒れて身元もわからないような状態で病院に運ばれたら人工呼吸器は付いてしまうんです。呼吸器を付けたあとに身元がわかった人がいて、家族は「どうしてくれる」とまでは言わないけど「尊厳死協会に入っているのに人工呼吸器がついちゃった」って不本意な感じだったんですよね。

それと、臨床で多くの人を看ていると、人間っていかに気持ちが変わるのかということがわかるんですよ。そのことを痛感したのは筋委縮性側索硬化症（ＡＬＳ）の患者さんでした。だんだんと呼吸器が侵されても知覚はあるという病気です。発症時は、病状が進行したときに人工呼吸器を付けるか希望を聞くと大半の方が希望しない。でも、最終的には付けることを選ぶんですね。気持ちが変わる一番の原因は苦痛です。人間、本当に苦しくなると「何とかしてくれ」となるんですよね。

私は、ぼろぼろになって死んでも尊厳はあると思う。何もされずにきれいに死ぬことだけが尊厳死ではないと思うんです。ひとつの言葉として成り立っているけど……。

孤独死という言葉もそうです。その人が孤独だったかなんて、周りが決めることじゃない。できちゃった婚は専門用語で「妊娠先行性婚姻」と言うんですけど、「できちゃった」とネガティブにとる人もいるだろうし、茶化すような雰囲気も人によっては感じる。孤独死という言葉も、もっと役所的で無味乾燥な価値を含まない言葉に置き換えられないかと思うんですよ。今は国の方針で重症患者をどんどん退院させるので、手厚いケアを人に頼んでいても24時間ついているわけじゃないから、行ったら死んでいたというリスクはある。そのことを孤独死と言われたらたまらないですね。

蘇生されない死を望んでも倒れた場所によっては（蘇生）されちゃうだろうし、家族に見守られながらと思ってもひとりで死んでいくこともありますからね。あまり、こうでなくてはならないということを持たないほうがいいと思う。なるようにしかならないというのが私の死生観、私の死に方観です。どんな死に方になっても文句は言わない。

どこまで生きても満足はしないと思うので、今、死んでも多分いいかなとも思っています。それは、母が80歳で亡くなったときに強く感じたんですよね。やりたいことがいっぱいあって絶対に死にたくないという人だったから、100歳まで生きても200歳まで生きても満足しないと思ったんですね。

母は「親は権力者だから50年も君臨すれば十分だ。親と子どもの関係なんて50年で十分だ」と言っていたので、私が48歳のときに亡くなったから、それはそれで見事というか、本当に私と母との関係は50年経たずに終わりました。

これまでの人生を振り返ると悪くない人生だったかなと思います。（作家・評論家の）吉武輝子の娘に生まれたというのは大きなことで、誰かの子どもに生まれるというのは大変なんですよ。そのことを引き受けてきた人生です。普通の家庭だったら、全然違う人生だったと思う。「普通とは何か」という突っ込みもあるけど、世の中から「えっ？」と思われる人生ってあるんですよね。私は、どちらかというと「えっ？」と思われる人生でした。

小学校で「お母さんは朝食に何をつくってくれましたか」と聞かれると、「家は（お手伝いの）『とくさん』なんだけどな」と思うわけですよ。そこで、世の中を知る。お手伝いさんと応えると「えっ？」と思われるだろうから黙っていたけどね。両親に恋人がいたことも「えっ？」なわけですよ。自分の置かれた状況をどう捉え、どういう見解を持つか、態度を決めながら生きていくことは、「えっ？」と言われない人生の人にはわかりにくいかもしれない。でも、本当は皆そうなんですよね。皆、自分の産まれ落ちた状況を自分なりに捉えて生きているんですよ。そういうことを考えていく人生が好きだし、面白がれる私の個性があったのかなと思うんです。

大学生の頃は、フェミニズムの運動をしている仲間が運動を通して親の価値観を乗り越え、親から離れていこうとする様を目の当たりにしました。でも、私は、デモに行くと親がシュプレヒコールをしている。このままでは親から離れられないと気がついて愕然としたんですよね。20歳のとき、いろいろ悩んだ末に大学を辞めて看護師になろうと決めたことが私の自立だったのだと思います。

母は、一時期、女性が子どもと一緒に身を寄せるシェルター施設みたいなことを家でやっていたり、家庭のなかでも社会的に生きた人なので、言っていることと行っていることがあまり違わない。私も長くものを書いてきて、自分が書いたように生きるのは大変なんですよ。書いたことを裏切らないように、なるべく本音と建前がないように生きるということを自分も絶対にしていかなければいけないと思っています。

（インタビュー・二〇一八年秋）

私の考えやイズムは死なない

未来は考え次第でいくらでも変えられる

小林照子
美容研究家　メイクアップアーチスト

1935年生まれ。東京都出身。1958年、(現)株式会社コーセーに入社。1985年、コーセー初の女性取締役となる。1991年に独立し「美・ファイン研究所」、1994年に「フロムハンド・メイクアップアカデミー」を設立。2010年、青山ビューティ学院高等部東京校、2013年に京都校を開校。同年、小林照子『からだ化粧facebookページ』がオープン。『これはしない、あれはする』『80歳のケセラセラ。いくつになっても「転がる石で」』『からだ化粧』など著作多数。

Ending Note

—処分したい物は？
この間、掲載誌やコーセーのときからの美容に関する資料を処分しようと思ったら、貴重なものなので捨てないでと言われた。

—謝りたい人は？
うーん……、とくに思い浮かばないということはいないんですね。感謝している人やお礼を言いたい人はたくさんいます。

—延命治療や尊厳死は？
機械で生かされるのは嫌です。意識もないのに延命だけするのはやめてほしい。

—墓は？
先祖代々のものが埼玉にあるけど、遠くてなかなか行けないので、会社と学校がある原宿近くのお寺にお墓を買いました。

—生まれ変わりがあるなら、次はどんな人生を？
今の続きをやりたいかも。私の後継者は2000年続く会社をやると言っているから、一社員からはじめて頭角を表すとかね。楽しみ。

私には5人の親がいます。実の親は3歳のときに離婚して、父のほうに引き取られたので、父の再婚相手が2番目の母です。その後、6歳のときに父が亡くなって、継母の兄夫婦の養女になりました。5人の親はそれぞれ違う個性で、「こういうところは好きだな」とか「あそこは嫌だな」とか、子どもの頃から身近に見せてもらったというのは稀有な経験でした。自分の経験したことが自分の芯をつくったと思っています。

養父は革新的な考えの人でした。戦争に反対で、誰もが日本の勝利を疑っていなかったときに「この戦争は負けるぞ」と家で言いながら、独創的なアイデアでフェルト素材の防空頭巾をつくり、ヒットさせて大成功を収めていました。「時代の波に乗るんじゃない。時代の先を読んで波をつくるんだ」とよく言っていましたね。5人の親の中で養父に最も影響を受けていますね。

3歳で別れた母とは大人になってから会うようになって、最期を見送りました。父が2人と母が3人、5人の親たちを見送ることができました。

私も80を過ぎた今、自分の死について考えています。死んで体はなくなっても考えやイズムは死なないと思っているので、私の終活はほかの人と違うかもしれない。世の中に必要だと考えてやってきたことを後継する人を選んで、その人を育てるということをずっとやってきています。私のイズムや考えが未来につながるようにしてから死ぬべきだとね。

交通手段が馬だった頃、エルメスは馬の蹄や鞍をつくる会社だったんですよね。交通手段が馬から自動車に代わると、それまで馬の蹄や鞍をつくっていた革職人が旅行カバンや靴をつくるようになった。そういうふうに発展してきたんです。私の周りの人たちにエルメスの話は伝えてあります。

例えば、「外見の美は心の輝き（ファイン）を創る」というコンセプトのもとに美・ファイン研究所をつくりましたが、「コンセプトは守ってほしいけど時代とともに変えていきなさいよ」と言っている。エルメスと同じようにね。「人が美しくなることは人に自信を与える」ことをコンセプトに、メイクアップスクールや美容を専門的に学びながらに高校卒業資格が取得できる通信制のサポート校もつくってきましたが、「未来に向けていいと思うことをチャレンジしていかなければダメよ」と言っています。そういうことが私の遺言です。

これまでの人生を振り返ると、こうなったら絶対にいいと確信が持てることをたくさんやってきた人生ですね。人には相談せず、自分で決断して行動してきました。そうしないと仕事が続けられなかったから。娘が幼かった頃は預け先を見つけるのが大変で、世田谷に私立のよい保育園があると知ったときには、夫に相談しないで当時住んでいた埼玉の家を売却しました。夫からすれば「えーっ？」と晴天の霹靂。「この人には付いていけない」って、普通は女が言うじゃないですか。夫は、そう言いながら私に付いてきてくれました（笑）。

後悔していることもありますよ。今、コーセーで仕事をしていた30歳代の頃に戻れたら、もっと上手くやれたなと思います。男性社会で、自分の考えを貫いていくには大きな壁があると思っていて、カッカしながら壁を打ち破ろうといつも闘っていました。今は、壁は人だとわかっているのね。上司も会社のトップも、壁だと思っていたのは人だから、話し合えばわかり合える。反対する人こそ味方になってくれると段々わかってきたのね。30歳代に戻れたら、「これは絶対に成功するから、やらせて」と言って、話し合いながら上手くやれたと思います。

もし、あの世があるなら、一緒に『からだ化粧』の作品集をつくったカメラマンの藤井秀樹さんに会いたい。夫は2番目ですね（笑）。『からだ化粧』は私が発想して創ったものだと自負してまして、藤井さんもそう思ってくれたので、写真の著作権はカメラマンにあるものなんですけど、写真の権利を二分にしてくれた。そういう理解によって、『からだ化粧』は私の作品集とすることができて、メーキャップアーティスト・小林照子が世に出られたのだと思っています。もう、30年以上前の話ですね。生前、感謝の気持ちを伝えていなかったから、毎日、拝んでいるんですよ。名前を呼んで拝んでいます。

自分の最期を迎える場所は施設がいいかなと考えています。子どもは一緒に暮らしている娘がひとりで、私の最期をみることを覚悟してくれていると思うけど、その恩恵にはあずかりたくない。よく、50歳代・60歳代の人が自分の親のことを「大変なんですよ」「言っていることがわからなくなっちゃって嫌になるんですよ」と眉間にシワを寄せながら話しているのを見聞きするうちに、私はああいうふうに言われるのは嫌だ、娘にああいうふうに言わせたくないと思うようになったのね。今、兄が入る施設を探しているところなので、それを名目に、「私だったらここがいいかな」とか「こういうのは嫌だな」とか、いろいろなところを見て回っています。まだ、娘に言ってないけど……。

これからの人たちに言い残したいことは、過去は変えられないけど未来は自分の考え次第でいくらでも変えられるということ。いくつになっても夢を持って生きるということね。

更年期を迎える頃になると守りの姿勢に入ってしまいがちで、そうすると外見も一気に老け込む。それから、更年期以降は、自家発電できる人とできない人では大きな差が出てくると思うんです。自家発電するには心の持ちようだけでなくて、自分に合ったサプリメントを摂るとか、痛みがあったら何が原因だろうと考えて薬を飲んだり医者に行ったりするとかして、自分の体を健康に持っていく知恵も絶対に必要だと思います。

（インタビュー・二〇一八年秋）

日本は孤立を強いる社会に

3度いただいた命尽きるまで僧侶をやり遂げる

篠原鋭一

僧侶　NPO 法人「自殺防止ネットワーク風」代表

1944年生まれ。兵庫県出身。駒澤大学仏教学部卒業。長寿院三十三世住職。NPO法人「自殺防止ネットワーク風」代表。『みんなに読んでほしい本当の話』『この国で自死と向き合う』『もしもし、生きていていいですか?』など著作多数。
長寿院
千葉県成田市名古屋346
電話：0476―96―2204

Ending Note

―介護が必要になったら誰に頼みたい？

そのときになったら誰になんて言っていられないんじゃないかな。ゴメンネでお任せするしかない。


―延命治療は希望する？

延命は希望しない。もし役立つ臓器があれば全部献体する。


―死に場所・死に方の希望は？

生まれることも死ぬことも予定を立てられるものではない。おまかせ。


―葬儀は？

お金はかけないでと言ってある。ＮＨＫの『こころの時代』で語ったＶＴＲでも流しながら参列者に酒でも飲んでもらって終わり。


―墓は？

昔、「海の漁師は海で死ね、死んで魚の餌になれ。山の猟師は山で死ね、死んで獣の餌になれ」と言ったように、動・植物の命をいただいて生かしていただいたのだから土葬で土の養分になるのが理想。


―もし、あの世があったら誰に会いたい？

13歳で亡くなった母親。母の写真はいつも持ち歩いている。

以前にベストセラーになった『葉っぱのフレディ』という絵本には、仏教の教えと合致することがわかりやすく書いてあります。1枚の葉っぱ「フレディ」が春に芽吹き、夏には茂って、秋になると紅葉し、冬には散って死を迎えるという話で、葉っぱたちが落ちて死ぬことを「引越しをするときが来た」と表現しているんですよね。「ぼくも引っ越すよ」「それはいつ?」「ぼくのばんがきたらね」という会話は、仏教の「生老病死」と「諸行無常」を表しているのです。

死ぬことを「引越しする」というふうに大らかに受け止めたら、死はもっと穏やかなものになって不安や恐怖から救われるのではないでしょうか。そして、最終的に仏教で示す「涅槃静寂」つまり安穏な心情でいられたら、安楽な死を迎えることができるのです。

よく「あの世はありますか」とか「極楽と地獄はありますか」といった質問を受けるんですが、結論が出ないことを議論したり悩んだりしても意味がない。あの世のことよりこの世の今が重要。今日が本番、今が本番、この一瞬こそが本番ですよ。死は誰にでも必ず訪れるから、それまでの間、もっとこの世の人生を楽しんではいかがでしょう。

死を迎える瞬間まで人生の現役です。人生に定年はありません。老後も余生もない。90年代に人気者になった双子姉妹のきんさん・ぎんさんのおひとりは、私と同じ曹洞宗のお寺の檀家さんで、そのお寺の奥さんからお聞きした話なのですが、「１００歳になってようけお金もらったじゃろ。どうするの?」と尋ねたら「老後のために取っておく」と答えたとか（笑）。１００歳になっても老後と思っておられない。この意識には感銘を受けました。

私は、命が尽きるまで自分に与えられた僧侶というキャスティング（役割）をやり遂げていきたい。これまで3回死にかけて、それでも死なずにいただいた命だから。

３歳のとき、教師をしながら僧侶をやっていた父が亡くなった。母は私を育てていく自信がなくて、一緒に川へ入水自殺しようとしたところを河原で畑作業をしている人に止められたそうです。２回目は、曹洞宗の若手僧侶のメンバーとして、カンボジアの難民キャンプでボランティア活動をしていたときで、戦場の中にいました。30歳代の頃ですが、よくぞ命があったものだと思いますよ。３回目は、42歳のときにクモ膜下出血で倒れたときです。

手術後は、話せなくなるし、歩くのも大変で、もう生きていても意味がないと思った。つかまりながら歩いて病院の屋上まで行って、手すりを乗り越えて飛び降りようとしました。でも、体が思うように動かず、うまく手すりに上がれないでいるところを、屋上で洗濯物を干している患者の家族に止められた。

あの瞬間、３度命をいただいたと思った瞬間から、生きていく方向が決まりました。生かされていることのお返しをしようと決めたんです。それから30数年、自殺・自死問題に関わるようになって2万人くらいの人の話を聞いてきました。私のいる寺は「自殺志願者の駆け込み寺」なんて言われています。

「死にたい」と寺に来られる人のなかには、精神科の治療を受けている人もいます。「これだけ、薬を飲んでいます」と見せるので、「副作用あるの？」と訊くと「毎日、眠くてだるくて仕方がない」と言う。何でも聞いてくれそうな坊さんだと思うのか、今まで心の中に背負っていた苦悩を一気に喋り出します。そういう行為が必要なんでしょうね。知り合いの精神科の医師に「先生たちでは無理じゃないですか。時間的にも」と言うと「そうだ」とおっしゃる。明らかに精神科の先生にお会いになったほうがいいと思ったときは、「私の知っている先生のところに行ってみますか」と問いかけます。

ところで、自殺と自死とは違うんですよ。自殺は、三島由紀夫が割腹自殺をしたように自らの意思で人生を終える。自死は社会的な苦労を背負わされて、本当は死にたくないのに追い詰められて死を選ぶ。自死を自己責任だと言う人がいますが、社会の連帯責任です。

今の日本は、「お前はひとりで生きていけ」という社会をつくってしまった。引きこもっている人、家庭崩壊した人、子どもに捨てられたと嘆くお年寄りなど、孤立を強いる社会になっています。孤立とは人間関係の断絶です。孤立の次に来るのが希死念慮、その次が自死の実行。

これからの人たちに言いたいのは、自分自身が孤立しないこと。そのためには外に出なさいといつも言っています。とくに勧めるのがボランティア活動です。できそうなボランティアを選んで、1回行って嫌だったら辞めればいいし、ここはいいと思ったら続ければいい。人と関わると周りが自分のほうを見つめてくれます。自分が動けば周りも動くというのが私の主張です。

それから、自分と自分以外の人の間を大切にしてほしい。それによって、幸福にも不幸にもなる。人として生まれて、自分以外の人に会ったときに間ができるから人間になっていくのです。この間を幸福になる条件で埋めていけば幸せになるのです。

やり残していることは、私がお預かりしているお寺の後継者が決まっていないことですね。私の意思を継いで本気でやってくれる人に継いでほしい。ひとつは、自死問題に取り組むこと。次に、お寺を生きている人々のためにあるとすること。仏教は、生きている間に学んで実行するためにあるんです。もうひとつは、寺と家庭は別にして寺に家庭を置かないこと。そうしないと訪ねて来にくいし、なかには刑務所を出たばかりの人が来ることもあるから、家族がいたら怖がってしまうかもしれない。

今度、お寺を取り壊して新しく建て直します。もっと多くの人が泊まれて、人生に疲れた人がしばらく休んでいくことができるようなところにしたいと思っています。

（インタビュー・二〇一八年冬）

未来を託す、だから気持ちよく死ねる

人生楽しむ環境にない人のために戦う

森まゆみ
作家　編集者

1954年生まれ。東京都出身。早稲田大学政経学部卒業。出版社勤務を経て、1984年、友人らと地域雑誌『谷中・根津・千駄木』を創刊し、2009年の終刊まで編集人を務める。歴史的建造物の保存活動にも取り組む。『千駄木の漱石』『お隣のイスラーム』など著作多数。

Ending Note

―遺言書は？

書いてある。税金のときに毎年１回見直して娘に預ける。よく海外、それも辺境に行くのでどこで死ぬかどこで殺されるかわからないから。


―財産は？

財産はない。あってもパーっと使って何も残さない。若い人に奢る。ときどき、グアテマラの学校に行けない子どもたちのために友人がやっているNGOに寄付するとか。


―介護をお願いしたい人は？

娘はとっくに私の介護をしていると言います。五十肩なので、たまに家に来たときは風呂掃除などしてくれる。息子たちは介護するけど、重いのはヤダ、と言います。


―延命治療は？

人それぞれの考え方があるので一般論で言うつもりはないけど、自分は生活の質がないのに延命だけすることは遠慮したい。


―あの世があるなら誰に会いたい？

イタリア文学者の須賀敦子さん。「まゆみちゃん、よく来たわね」と言うんじゃないかな。あの世はもしかしたらあるかもしれないと思うようになった。

死は誰にでも平等に訪れるものだから自然なことだと思っています。怖くはないけど、痛みが続くようなことがなく死ねたらありがたい。

50歳で原田病（ぶどう膜炎の一種）にかかりました。１００万人に5人の珍しい病気だとわかったとき、原田病は死ぬ病気じゃないし、私って脳天気なのか、こんな珍しい病気にかかって面白そうと思った。資料をたくさん読む仕事なので目の調子が悪くなって困ったけど、今まで本をたくさん読んできたからもう読まなくてもいいやとも思いましたね。今も、本は拡大鏡を使わないと見えない。頭痛やめまい、耳鳴りがすることもあります。母子家庭で子どもを3人育ててあげたから働き過ぎだったのでしょうね。

原田病と診断されるまで誤診されたりと、ずいぶんと時間がかかりました。同じように間違って診断される人が多いので書こうかなと『明るい原田病日記　私の体の中で内戦が起こった』（ちくま文庫）を執筆しました。反響があっていまだに相談がきます。ただ、本に書いてあること以外はわからないから、会って話して慰めてほしいのかもしれないけど、個人的な相談は断っています。そのあと、がんもやったのよ。割とうまく治したけど。

振り返るとありがたい人生でした。20歳代の終わりに地域雑誌『谷中・根津・千駄木』（昔の街並みが残る東京の台東区谷中、文京区根津・千駄木の地域雑誌）という自分のやりたい仕事を見つけて、一緒に働く仲間にも恵まれて、84年の創刊から26年間続けてこられた。谷中・根津・千駄木のどこに何があるか、すべて頭の中に入っています。街はそこに住んでいる人のもので、企業や行政のものじゃない。路上で子どもたちが遊んでいたり、夕方になったら外で夕涼みしたりという路地のストリートライフはすごく楽しい。

「谷根千《やねせん》」はこの雑誌があってできた言葉で、谷根千の言葉を使用している店がいくつもあります。どこも挨拶に来ないけど（笑）、別に構わない。近くには外国人向けホテルが2つもできて、谷根千界隈は日本人も外国人も大勢の人が訪れるところになりました。観光というより、街づくりの勉強に来る人も多い。最近は同じようなことを始めようとする若い人たちに大事にされるし、自分でフフフと自己満足しています。オーバーツーリズムという問題も抱えていますけどね。

楽しかった思い出は、谷中にある諏方神社でバーベキューをしたことですね。谷中銀座に下っていく石段の愛称募集があったとき、商店街でたまたま応募したら私の「夕焼けだんだん」が選ばれて、1万円もらった。それと、バーベキューをやってもらいました。友人たちと外で食べるのが好きなんです。神社の境内であんなことをしてよかったのか（笑）。

これまでの人生、後悔はしてないけど反省はあります。死ぬ前にお礼とお詫びを言いたい人はきりがない。たぶん、お詫びを申し上げる方はこの世にいらっしゃらないでしょうね。歯科医をしていた父は亡くなる前に、「自分は今まで人を傷つけたことがなかっただろうか」と考え込んでました。同じく歯科医をしていた母は父のことを「私だったら頬かぶりするのに、死ぬ前にあんなことを考えるなんて偉い」と言ってました。「あなたは公明正大、何も悪いことはしなかったわよ。もう頑張らないでいいからね」と言ったら、父は「そうか」と言って死んだと聞いています。引導を渡したんですね。

死ぬ前に処分しておきたいもの？　ハハハ、昔もらったラブレター。武田泰淳（小説家、1912〜1976年）と妻の百合子（随筆家、1925〜1993年）の娘の写真家・武田花さんは、両親が死んだら焼くようにと言われてトランク一杯焼いたそうです。文学的価値があるものを潔いなと思います。私のは価値があるものじゃないけど、うちの娘も「焼いてね」と言っておけば焼いてくれる人。小学生のときに友だちからもらった手紙もカンカラに入れて全部取ってあります。アーカイビストですもんね、私。歴史の証言を保存するのが仕事の人間ですからね、とりあえず。

死に場所は病院じゃないところがいい。在宅と言っても、狭いマンションのゴチャゴチャした家で死んでいくのはイメージ的に楽しくないなぁ。自然の中で畳があってというのがいいけど無理でしょう。飛行機でホルストの『惑星』か何かBGMをイヤホンで聴いているときに、このまま落ちてもいいかもと罰当たりなことを思うこともあります。

天然ボケだから、傍にいる人が見ていられないようで皆がいつも助けてくれます。葬式も、谷根千の相棒が「まゆちゃんのお葬式はこうするから」と決めているらしい。葬儀は生きている人のためにするもので、「家族だけで済ませました」という報告がくるとそれもいいなと思う。

大企業に入っていた同期の男たちは皆退職しています。私はまだ仕事している。早く楽隠居もいいかもしれないとも思う。でも、杉浦日向子さん（江戸風俗研究家、1958〜2005年）みたいにゆとりがないので無理かな。仕事は遅くなって、半分仕事して半分遊んでいる感じ。最近は地域のあちらこちらで「さすらいのママ」というバーをやってます。

政治だけ見ていると絶望的だけど、自分のまわりを見渡すと素敵な若い人たちがたくさんいます。誰かに託していくというか、次の世代に引き継いでもらえる希望があるから生きていけるし、気持ちよく死ねる。自分の人生を楽しむこと、そういう環境にない人のために戦うこと、戦えば絶望しないで生きられる。

これからの人たちに言いたいのは、人生は楽しむものだということです。いろいろ考えるとつらいこともたくさんある。その中でも、どうやって楽しむかを見つけないとね。私は20歳代、30歳代とも年収は150万円くらいですごく貧乏だったけど、貧乏を楽しむことは覚えました。

（インタビュー・二〇一九年冬）

悲観しては将来は見えてこない

次世代に伝えたい「運命を引き受けよう」という言葉

佐々木常夫
元東レ役員　作家

1944年生まれ。秋田県出身。東京大学卒業後、東レに入社。自閉症の長男を含め3人の子どもを持ち、肝臓病とうつ病を患った妻を抱える過酷な家庭生活を送りながら、2001年、東レ取締役に就任する。『部下を定時に返す仕事術』(WAVE出版)『人生は理不尽』(幻冬舎)など著作多数。講演活動も数多く行う。

Ending Note

—遺言書は？

書いてある。例えば財産をどうするかとか、親には家族がトラブルにならないようにしておく責任がある。


—死ぬ前に処分したい物は？

本は1000冊しか持たず、処分したい物はすでに処分している。自著に「物を捨てられない人は教養のない人である」と書いたこともある。


—死ぬ前に会っておきたい人は？

東レにいた頃の得意先の社長さんが、がんで亡くなる前に、会っておきたい3人のうちの1人に私を選んで会いに来てくれた。ただ、私にはそういう人はとくにいない。


—延命治療・尊厳死の希望は？

尊厳死協会に入っている。延命治療は希望しない。


—死ぬ場所・死に方の希望は？

病院でも自宅でもどっちでもいい。何の病気で死ぬかわからないから考えるだけ無駄。なるようにしかならない。


—あの世があったら誰に会いたい？

75歳で亡くなったオフクロ。本が好きで短歌も得意な母だったので、私の著作活動のことを喜んでくれると思う。あの世があると考えたことはないけどもあったほうが便利。

歳をとると死が近づいてくるんですね。１００歳以上はなかなか生きられないから、あとどれくらい生きるかと感じるんです。

まわりの年寄りを見ていると自分もあと何年経ったらああなる、90歳近くになったらこういうふうになるんだとね。そのうち、死ぬことなんていうのは隣に住んでいるような感じになるから、理屈で考えても始まらないと思っているんですよ。死は若い人には物凄く怖いことでも、歳をとってきたらそうではない。私の兄貴は60歳代でがんで亡くなっているんですけども、「どうしても生きたい。死にたくない」と切実に言っていました。60歳代はまだ若い。80歳代になるとどうしても死にたくないとは思いませんよ。そういう歳になったんだと思いますからね。だから、死ぬことをあまり考えなくてもいいのではないかと思っています。

これまでを振り返るといろいろなことがあって、普通の人より波瀾万丈と言ってもいい人生ですね。

父親は６歳のときに亡くなり、母親が働きながら４人の男の子を育てた。貧しかったんですよね。大学は国立なら入れるので、兄は北海道大学、私は東京大学、双子の弟は東北大学に親の援助なしで奨学金で行きました。社会人になって経済的に困らなくなりましたが、私の場合は結婚して障害（自閉症）を持った長男に続いて年子で次男と長女を授かったから結構大変でね。家内は長男が中学に入った頃から肝臓病で入退院を繰り返して、そのうち、うつ病になって、その面倒もみなければならなかった。会社の仕事も忙しくて、仕事と育児、家事、看病のすべてをこなさなければならなくなりました。

過酷な毎日を送りながら、56歳のときに東レ同期のトップで取締役になりました。1番で取締役になると最低でも専務か副社長になるんですよ。私は上とうまくいかなくて途中で子会社に飛ばされました。サラリーマン人生が終わったと思っていたときに、時間ができたので、頼まれて『ビックツリー　私は仕事も家族も決してあきらめない』（WAVE出版）を書いたらけっこう売れた。1冊で終わるつもりが、もう1冊書けと言うので『部下を定時に帰す仕事術』（WAVE出版）を書いたらベストセラーになって、『そうか、君は課長になったのか。』（WAVE出版）と『働く君に贈る25の言葉』（WAVE出版）も出て、全部で100万部売れました。その後も出版社が企画を持ち込むので、全部で30冊書きました。講演活動も官庁や企業や学校など、長男のこともあって医療関係からも呼ばれます。

サラリーマンで失敗したと思ったら、次の人生が待っていたんですよ。70歳を過ぎても変わらずに忙しいですね。あのまま東レの役員を続けているより今のほうがずっとよかった。家内の病気も完全によくなったしね。

楽しかった思い出は山ほどあります。学生時代も会社に入ってからも、そのときどきでね。先日、大学のワンダーフォーゲル部の仲間と台湾に行って来たんですよ。東大の駒場寮で一緒だった連中で兄弟のように仲がよかった。卒業して18年後に私が幹事となって同窓会をやったときには、30人近くいたうちの25人が集まって、皆、興奮しちゃって(笑)。それ以降、毎年集まってます。今年は台湾に移住した仲間のところに行きました。楽しくて大騒ぎしましたね。会社に入ってからは、官庁と民間企業の若手課長の勉強会というのがあって、この会も定期的に集まって盛り上がりますね。

後悔していることはないです。過去のことを悔やんでも始まらないし、取り戻せないでしょ。私はよく楽観主義者だと言っているんです。悲観は気分のもので楽観は意志のものだと思うんです。「どうせ、自分はダメだ」と言ったら将来も何も見えてこない。かつて、(ウィンストン・)チャーチルは「自分は英国最大の楽観主義者である」と言ってます。ナチスドイツとの戦いの際、国民は負けると言っているのに、彼は「絶対に勝つ。それしか考えられない」と言い続けた。そういうものを持っている人というのは前に向かって行きますからね。そういう意味でも、私は後悔を口にしても始まらないので考えないことにしています。

やり残していることもないです。そのとき、そのとき、全力でしたから。やることは全部やったし、ある程度は結果も出しました。手を抜いたりしていたら、やり残したことがあったかもしれません。家のことで大変な毎日を送っていた頃、私が病気になったらこの家は崩壊すると思っていたから、絶対に病気にもなれなかった。何か起こったときは戻りましたけども、会社では家のことは考えないで全力で仕事をしました。

死んだら、お金をかけて賑々しくやる必要はありませんが、葬儀はちゃんとやるべきです。親しい友人が亡くなったとき、奥さんが葬式は家族で済ませましたと言うので、皆、頭に来ちゃってね。「オレたち、あいつの葬式やらないで終わりにするものか。独立してやろう」ってね。お花1本をあげるだけでいいんですよ。どうしても最後に挨拶したいという人がいるわけだから、その場をつくる。当たり前のことです。

これからの人たちに言い残したいのは「運命を引き受けよう」ということ。28歳で夫を亡くし、女手ひとつで4人の子を育てたオフクロの言葉です。休みなく働いてましたから一緒に過ごした時間はわずかでも、母は私たちに深い愛情を注いでくれました。運命に対して、そのまま受け入れて、そのまま頑張りましょうということ。これは、自分の人生でずっと実践してきたことなんでね。子どもとか家庭とか会社の仕事とか、逃げないことじゃないですかね。

それから、「愛とは責任である」ということも伝えたい。私が家族をサポートし続けたのは愛情よりも責任です。自分が選んで結婚した人、自分がつくった子ども、自分が選んだ仕事、それについてはきちんとしなければならない、というか、自分が選んだことですからね。

（インタビュー・二〇一九年冬）

死後は自然の法則に従うもの

やり残したのはノーベル賞をもらうこと

大槻義彦
物理学者

1936年生まれ。宮城県出身。東京教育大学理学部(現筑波大学)卒業。東京大学大学院数物系研究科終了後、東京大学助手・講師を経て、1973年より早稲田大学理工学部教授。放射線の「水切り運動」を発見。火の玉研究の第一人者。現在は早稲田大学名誉教授。テレビ出演多数。『火の玉を見たか』(筑摩書房)、『大槻教授の最終講義』(集英社)、『子供は理系にせよ』(日本放送出版協会)など著作多数。

Ending Note

—死ぬ前に会っておきたい人は?

たまに思い出す人。半分は死んであとの半分はヨボヨボ杖をついて歩いているから、たぶん会わないと思う。


—死ぬ前に処分したい物は?

バンクーバーにある家は数年後に売ることになっている。160冊の自著のうち、半分は内容を忘れているから家内に処分してもいいと言っている。


—余命の告知は?

どれくらい生きられるという予想はある程度の経験則から言うのだろうが、地震の予想と同じようなものではないか。


—死に場所・死に方は?

最先端の治療をしてもダメなら退院して迷惑かけないように早く死ぬ。絶飲絶食は苦痛だから少し飲んで少し食べて、栄養失調になると脳が持たない。これが理想的な死に方。


—葬式や墓は?

死んでも知らせないで、葬式もお別れの会もしないでいいと子どもに伝えてある。那須の畑に埋めてもらうのが一番いいかも。

生命現象を維持できなくなって死ぬということは、その段階で「エントロピー増大の法則」に従うことになります。自然は放っておけば必ずエントロピー（乱雑さの尺度）が高い状態に移るんですよ。秩序があればあるほどエントロピーは低い状態、秩序がないごちゃ混ぜの状態はエントロピーが高い状態です。

ところが、生命現象はね、この法則に反する。放置しておかないからです。放置しないで秩序をつくっていく状態。ＤＮＡが持つ全情報の指令に従って人体が構成されて、生きているわけです。だから、死んだあとは自然の法則に従ってただ単に散らばっていくだけ。生き体は焼かれると煙になり、雨に流され、地球の元素に還っていきます。元素はやがて地球全体に広がって、部分的には宇宙にまで飛んでいく。エントロピー増大の法則に従うということです。

オナラもそう。お尻付近にあったオナラが全体に広がって、いつの間にか地球全体に広まって宇宙に広まっていく。それが、ある日、戻ってきてお尻の傍にやってくるというのか。何年か経ってオナラがお尻に戻ってくるなら、生まれ変わりとかあるだろうけども、そういうことは決してない。

宗教はあの世はあると言うが、実体としてあるのか。それとも、空想としてあるのか。

良心的な人は空想としてあると言うけども、実体としてあると言う人も。実体としてあるなら必ず単位があって計測できるはずです。辞典にもウィキペディアにも、霊とは訳のわからないものだと書いてある。実体としてないということです。

死んだあと、あの世に行くならね、子どもはあの世から来たというのか。そうじゃない。その証拠に、妊婦が水や食べ物を摂取しないと胎児は死ぬ。つまり、外から物質を取り入れて成長していく。子どもはあの世から来たのではなくて物質からつくられて、死んだあとは物質に戻るというわけです。なぜ、死んだあとだけ、あの世に行くんですか。こう言うと納得する人が多いですね。科学者は実在・実体というものについて、その法則性、その応用を研究・解明しているので、実体としてあの世なんかないということです。

お墓参りはしますよ。郷里は宮城県で年に1回はしています。大好きだった祖母の思い出があるんですね。別に、お墓に行って祖母に会いたいと思っているわけじゃない。忙しいと祖母のことなんか忘れていますよね。墓参りに行くと否応なしに祖母のことしか考えないじゃないですか。墓参りに行っていろいろ思い出すんですよ。

私の人生は祖母の影響が最も強かった。一番いい例は、私が風呂場の戸から火の玉を見たと大騒ぎしたときのこと。小学校5年生でした。母は信じてくれなかったけども、祖母は「火の玉は本当にあると思う。でも、見たことを20歳になるまで人に喋ると出世しないと言われているから、決して人に話してはいけない」と言ったんです。素直に言うことを聞く子どもじゃないから、次の日、職員室に行って先生に話したら怒られた。そんなことがあって、火の玉の話をする度に祖母の戒めを思い出します。どおりで出世しなかった(笑)。物理学者なら誰でもほしいと願うノーベル賞がもらえなかった。

火の玉への情熱は増すばかりで、高校生になると山のてっぺんに火の玉の観測拠点をつくりました。大学で教えるようになってからは、オカルトっぽく見られて研究費をもらえないと困るから、用心深くプライベートで研究していたんですよ。那須に土地を買って観測所をつくって火の玉の研究を続けていました。それから20年ほどして、遂にね、写真に収めることができたんです。写真の発表は、大学を退職後、火の玉を科学的に解明してからにしようと思っていました。

ところが、火の玉の写真を撮った翌年、同郷の記者が「何か面白い話、ないですか」と言うので、ないと言うのもあれだから、フッと「オレ、火の玉の写真を撮ったよ」と喋ってしまったんですよ。数日後、『科学朝日』と『週刊朝日』に写真と記事が掲載されて、テレビにも取り上げられて、このときは教授になっていたので「あー、そろそろ出番だ」

と思いましたね。大学の「火の玉研究所」には、火の玉に科学的な興味を持つ多くの学生が集まりました。そして、学生たちと一緒に何年も苦労した末に、火の玉を科学的につくり出す実験に成功したんです。権威ある『ネイチャー』には論文が掲載されました。

当時、テレビでは、ユリ・ゲラーをはじめ超能力者や霊能者を自称する連中が出演するオカルト番組が人気で、私は火の玉実験はオカルトじゃないと主張するためにテレビに出るようになったんです。超能力は一種のマジック、霊能力は事前調査・暗示・やらせのインチキだと手厳しくやっつけたんです。火の玉の研究は立派な科学の研究なんだと示すためにね。宗教に関しては、般若心経にね、科学的哲学があるということに気がついてね。私は、釈迦の哲学は高く評価しています。

これまでを振り返ると、やりたい放題やってきたから何の悔いもない。早稲田大学は、ちゃんと論文を書いて本を書いていれば自由な研究が尊重されるところだったから、感謝しています。テレビに出まくっていた頃はオカルト教授と批判されても、火の玉現象は大気の中にプラズマという状態ができるんだということが今や常識になっているからね。

やり残していることはノーベル賞を取ること。私が発見した放射線の「水切り運動」も火の玉研究も、もう一歩前進しないとね。ノーベル賞は次世代の文明をね、変えるようじゃないといけない。

言い残したいことはただひとつ、45年にＡＩ（人工知能）が人知を超えるとするシンギュラリティ（技術的特異点）について。私はそんなことはないと言っています。例えば、囲碁でも将棋でも、ＡＩはこれまでの何万という指し手から最も有利な手を見つけるわけね。だから、敵わない。だけど、コンピュータでは、今までにない革命的な研究や革命的な発明はできない。そういうことですよ。

（インタビュー・二〇一九年春）

人とは比較しないこと

お笑いマジックがなぜ生まれたのか

マギー司郎

マジシャン

1946年生まれ。茨城県出身。16歳で上京。20歳のときにストリップ劇場でプロのマジシャンとして活動を開始する。34歳のとき、『お笑いスター誕生!!』で7週勝ち抜き、新しいタイプのマジシャンとして注目を集める。「奇術協会天洋賞」「浅草芸能大賞奨励賞」など受賞歴多数。今もお年寄りから子どもまで幅広い層から人気を得ている。

Ending Note

—遺言書は？
もめないように書いたほうがいいよって言うでしょ。だから、財産はそんなにないけど、こんなふうにしてねって書くでしょうね。

—介護が必要になったら？
周りの人に迷惑をかけたくないので専門家に頼みたい。素人が頑張っても負担だし、その人の人生の足を引っ張るのが嫌だから。

—延命治療は？
機械的に生かされるのは生きているんじゃないと思うから希望しない。反対意見はあるかもしれないけどね。

—死に場所・死に方の希望は？
病院でお医者さんが脈をはかって「御臨終です」というのを聞きながら安らかに終わっていくかな。苦しいことは一切考えてない。

—葬儀は？
イベントごとにはしたくないので最低限でいい。何年か経ってから「マギーさん、亡くなったらしいね」というのがいいかもしれない。

73歳になっても、今のところ、僕は死なないんじゃないかと思っているのね。お笑いマジックというのは、年を重ねれば重ねるほど面白くなるよね。芸が一番面白くなるのは85歳くらいだと思っているんですよ。85歳くらいになると世の中にある7割くらいのことは学べるのかなと思って、人間だから3割は足りないところがあっても仕方ない。今、85歳になったときの自分の芸を見たいと思っているから、死についてあまり考えたりしてないです。きっと、85歳になったら90歳、90歳になったら１００歳の芸を見てみたくなるんだろうね。

よく行く喫茶店があってね、そこのマスターが野球のコーチをしていて、教えていた子がお医者さんになったのね。ときどき、どこも悪くなくても血圧をはかりに行ったりすると「本当に丈夫だよね。やっぱり気持ちかな」って言われる。ストレスは細胞を壊すんですよ、たぶん。ストレスをためない方法は簡単、人と比較しないこと。それから時間が解決してくれるということね。実際、何があっても時間が解決してきましたよね。

人と比較しないというのは、オフクロから言われたことが影響しているんです。僕は9人兄弟の7番目で、親父はいつも商売に失敗していたから、食べるのにも困るほど貧乏だった。小学校のとき、給食用のアルミのコップを買ってもらうことができなくて、クラスでひとりだけ違うコップを使っていたのね。クラスメートにからかわれて落ち込んだりしたけど、自分のだけ違うからすぐに探せるという利点もあったのね。オフクロは、「皆と違っていてよかったじゃない。皆と同じじゃなくてもいいんだよ」ってね。今、思うと、オフクロの上手な言い訳だったのかもしれないね。うまいよね。

戦後すぐに生まれた子どもでしょう。栄養失調のせいなのか右目がほとんど見えなくて、勉強も運動もまったくダメな劣等生だったから、つらい思いをしたときは「皆と同じじゃなくてもいいんだ」って自分に言いきかせていたのね。大人になってからも、ほかのマジシャンのように器用にできなくて悩んだこともあったけど、「皆と同じじゃなくてもいい」ってコンプレックスを笑いにしてね。それで、お笑いマジックのかたちがつくり出せたのもしれないよね。

最初は、マジックで食べていけるとは思わなかった。16歳のとき、茨城の田舎暮らしが嫌になって、何の当てもないまま布団を担いで東京に出て来たの。池袋の「ハリウッド」というキャバレーにボーイとして雇ってもらって、生きていくために必死で働いていた。ある日たまたま、新聞か雑誌だったかな、マジックスクールで生徒を募集しているというのを見つけたのね。直感で面白そうだと思って通うようになったの。2年くらい通いました。だんだんとプロになれたらいいなと思うようになって、自分から芸能プロに売り込んだのね。

初めてもらった仕事は、ストリップ劇場で踊りのつなぎにマジックをやること。20歳のとき。お客さんの目的はストリップだから、僕が舞台に出ると「引っ込め」って怒鳴るのよ。「我慢してね」ってマジックを始めるんだけど、器用じゃないから上手にできないの。「何やってるんだ」って怒られる。「ごめんね。僕、実はマジック下手なの」って、いつもの茨城訛りで正直に話したら笑ってくれたのね。お笑いマジックは始めようと思って始めたんじゃないの。笑いっていうのはつくりごとじゃダメ、本当のことじゃないと笑ってくれないんだよね。ストリップ劇場で「ごめんね」と謝ったら笑ってくれて、「もしかしたら、これで生きていけるかもしれない」って思った。でも、マジックだけでは生活できないから、新聞勧誘員や歌舞伎町でサンドイッチマン（胴の前面と背中とに広告看板を取り付け宣伝する手法）したりしながらね。

これまでの人生を振り返ると、つらいことはあったんだろうけど記憶に残ってない。うまくできてるよね。ネタつくるのって大変だから、失敗してもひとネタできたんじゃないのって、いい方向に考えちゃうんでしょうね。自分に都合のいいように考えるから、ずっといいことばかりで幸せだった。それから、出会い以外に何もないと思っているの。出会いって不思議ですよね。何億人もいるのに出会うんですよ。出会いがないと何も起こらないから、いい出会いをたくさんいただいたなという感じがしますね。

僕の人生のターニングポイントとなってくれたのは、師匠のマギー信沢さん。2回結婚して2回とも別れちゃったけど、元の奥さんにも感謝している。それから、どちらかというとメチャクチャな芸人にも感謝している。悪人はダメだけど、いい人との出会いだけが自分を育ててくれるわけでもないんだね。メチャクチャでわがままでも魅力があって、その人の影響を受けて僕の芸が育ったっていうこと。本音ばかり言うので生放送には使いにくい芸人ですかね。本音って面白いですよね。

後悔は、アンパンマン原作者のやなせたかしさんが書いた詞に曲をつけた作曲家の先生が、「マギーちゃんが歌ったらピッタリなんだよね。歌ってくれる?」って誘ってくれたのに「いやいや、僕は歌なんかできないんで」って断っちゃったことね。「今日は雨でも明日は晴れる。何だか不思議だね」というような歌なんですよ。やなせさんも作曲家の先生も亡くなってしまったので、やっておけばよかったと後悔していることはそれくらいかな。メッセージ性がふんだんにあったんだろうなという後悔ですかね。

死ぬ気がしないんだけど、そのときが来たら、やり残したというより心残りは、長年頑張ってきても日の目を見ない弟子のことかな。弟子は子どもみたいなものだから日が当たったらいいなって思っています。

（インタビュー・二〇一九年春）

※　※　※

マギー司郎とケン正木が実演・解説
『超簡単 面白マジックＤＶＤ』19年5月発売
【問い合わせ】Fresh Magic Office
電話・ＦＡＸ　０３‐３９１６‐６９０４
メール　masaki0121@jcom.zaq.ne.jp まで。

無駄な延命はしないと夫婦で決めている

心が動かされる経験こそ「生きている証」

小六禮次郎
作曲家

1949年生まれ。岡山県出身。東京芸術大学音楽学部作曲科卒業。主な作品として映画『ゴジラ』『初恋　お父さん、チビがいなくなりました』NHK大河ドラマ『功名が辻』『秀吉』連続テレビ小説『さくら』『天うらら』ラジオ深夜便『冬の旅』（倍賞千恵子）等、多方面にわたって活躍中。また、倍賞千恵子と共演するコンサートを全国で公演し、好評を得ている。

Ending Note

―遺言書は？
何のために書くのか。法律で決まったとおりの分け方をすればいいので書いていない。

―処分しておきたいものは？
本が好きで数多く所有していたが、５年程前に5000冊くらい捨てた。仕事用の譜面もたくさん捨てている。主だったものは残して段ボール20箱くらいになる。

―死ぬ前に会っておきたい人は？
そのときにならないとわからない。きっと、心が動かされる人だったら会いたくなると思う。

―介護をお願いしたい人や場所は？
具体的に決めてないが、良質な介護を受けたいので保険に入っている。死ぬときに苦しい思いはしたくないし、人に迷惑をかけたくない。

―死に方の希望は？
飛行機に乗るので事故だけは避けたい。老衰で亡くなった祖母のように幸せな死に方ができたらいい。だんだんと弱っても最後まで話ができたし、ご飯も食べられた。

平均寿命が延びて、今は60歳を過ぎても70歳を過ぎてもピンピンしているから、死という概念が遠くなっていると感じますね。69歳になりますが、死についてあまり考えていないんです。でも、時と場合によっては考えることもあります。2年前、北海道に置いてある飛行機の管理をして下さっていた方が、突然亡くなったんですね。彼は亡くなる前日も酒盛りするくらい元気だったのに、脳出血で53歳でした。そういうことが身近にあったときは、死は突然起こることがあるんだと妙に実感と言いますか、すごく強く感じました。

これまでの人生を振り返ると、そう悪くない人生だったと思います。普通ですね。僕は音楽をやっていまして、大ヒット曲に恵まれたわけではないので、米国にドーンと家を建てたり自家用ジェット機を買ったりすることはできなかった（笑）。そういう金銭的な面で感動があったわけじゃないですが、幸せってそんなものではないし、ちゃんと仕事をしてきて、人にもある程度受け入れられたと思っています。普通の位置付けは人によって違いますよね。自分にとって、普通ということはたぶんベストなんじゃないかな。

心が揺さぶられる体験は若いときのほうが多いですね。音楽を始めた動機ははっきりしています。高校1年のときに岡山にベルリン・フィルハーモニー管弦楽団が来て、カラヤン指揮の演奏会があったんです。それを聴きに行ったときに衝撃を受けました。素晴らしいという言葉を超えているというか、心が揺さぶられて感激しちゃってね。そのときの感激が僕を動かしたんでしょう。岡山から上京して芸大をめざして浪人をすることになりました。当時はお医者さんの家に下宿していました。ときどき晩御飯に連れて行ってくれて、わりといいお寿司屋さんに連れて行ってもらったときに「こんな美味いものが世の中にあるのか」と驚いたんですよ。大人になってから同じように美味いものを食べてもそうは感じない。飛行機を操縦するライセンスを取って、一番はじめに機体が浮き上がったときの高揚感も忘れられません。今では日常的に浮き上がっていますけどね。

やり残していることはたくさんあります。ただ、音楽に関して根底的にやり残したことはないかな。西洋音楽のルールは、自転車に乗る話ではないけども、ある日、納得できるようになるんです。「ある日、わかるんだよね」「そうだよね」って、プロの音楽家は皆同じことを言います。「ある日」、わからない人はプロになれない。こうやっちゃいけないというルールがいくつもあって、それを覚えて音を積み重ねていく勉強をするんです。西洋音楽に最初からルールがあったわけではなくて、こうするといい音がするという法則を見つけていく過程で、ああやってはいけないという禁則を設けた。それを一生懸命学んで実践してきて、その意味でやり残しはないです。

後悔は、あのときにああすればよかったということより、最善を尽くしたかどうかだと思います。まだ結論が出ていないのでわからないですけどね。謝りたいことはたくさんありますよ。もし敬虔なキリスト教徒だったら懺悔しまくりでしょう。うちの奥さん（女優の倍賞千恵子）には「あなたは自分に甘いから」と言われています。

奥さんとは、余命が宣告されたらお互い隠さずに伝えるとか、延命治療のこととか、いろいろ話しあっています。事故で2人一緒に逝ってしまう確率は低いので、片方が担当のお医者さんに伝えることも確認しています。安楽死とまでは言わなくても無駄な抵抗はやめようとか、胃ろうは必要だと言われた瞬間に拒否するとか、不自然ですからね。延命するためだけの点滴や注射もなしということです。

葬儀はやらないと始末がつかないので、あくまでも身内で内々でと話しています。横浜と北海道に家があって、ご近所に本当に親しい人が何人かいますのでね。墓は、自分のためにつくろうとはいっさい考えてない。岡山にある祖父がつくった墓に、6年前に亡くなった兄が入って、今は嫁さんが管理してくれています。息子がいないので、兄の代でおしまいになると思います。物心ついた頃から、父に連れられてよく墓参りには行っていました。うちの墓の横には、江戸時代に建てられた古い墓がいくつもあったんですが、ある日、なくなっていました。後ろには、五重塔が建っている立派な墓があったんですが、それもなくなっていました。江戸時代の墓は１００年くらい、後ろの墓はまだ10年くらいしか経ってないのに、「あー、儚いな」と中学生くらいのときに感じたんですよね。そういったことを目の当たりにして、墓をつくっても仕方がないと思うようになりました。

あの世はないし、来世もないと考えています。ただ、話としてなら、死んだ犬に生まれ変わったりと考えるのも面白い。可愛がっていたワンちゃんにときどき留守番をさせていたので、そのときに、「今度、俺がお前さんになったら留守番させるなよ」と約束していましてね。ある日、犬が「お父さん、留守番させないって約束したじゃないか」としゃべるんですよ。お父さんが「えっ？」と驚いて、そこから物語が始まる。『輪廻の約束』という題名をつけて、星新一さんが書きそう（笑）。

これからの人たちに言いたいのは、感動という言葉がどうも嫌なので、心が動かされる経験をしてほしいということです。それが生きている証ですよね。バカ話でワーっと笑って「あー、楽しかった」というときは本当に気分がいいし、そういうことでもかまわない。すごいと感じる音楽を聴いたり、面白い本を読むことでもいい。心動くことが多ければ多いほどいいですね。

（インタビュー・二〇一九年春）

おわりに

エンディングノートの取材に応じてくださったのは前期高齢者（65歳〜74歳）・後期高齢者（75歳以上）の方が多かったが、その中の数名は「今まで自分の死について考えたことは一度もない」とおっしゃっていた。

まだ高齢の域に達しない者にとって、それくらいの年齢になればいつか訪れる死のことを気にかけているだろうと思ってしまいがちだが、年のことなど気にも留めずにエネルギッシュに活躍している様を間近にすると、そう言えるような年の重ね方をしたいものだと考えさせられた。

他にも、取材を通してたくさんの新しい価値観に触れることができたことに感謝したい。

例をあげると、松原惇子さんは「日常生活の中で死に移行できる孤独死が一番いい。誰にも発見されなくてもかまわない」とおっしゃり、呉智英さんはあの世はないがファンタジーとして仮にあるとするならば「あの世で会いたくない筆頭は昨年亡くなったおふくろだ。自分の母親でもバカは嫌い」とおっしゃった。

これら新しい価値観を知ることは、自らの死を考える際の視点が増えることになる。本著を手にしてくださった方も、自分や家族、大切な人のエンディングについて考える際には、25人のエンディングノートを思い浮かべていただければ幸いだ。

この書籍は、二〇一七年四月号から二〇一九年六月号まで、雑誌「医薬経済」で続いた連載をまとめたものである。インタビューに応じてくださった25人の方々には心からお礼を申し上げます。

医薬経済編集部

二〇一九年十月

共著者
奈良林和子
フリーライター
金融機関・日本語教師を経て、2001年よりフリーライター。
子育て、児童労働、指導死、終末医療などについて週刊誌や月刊誌に寄稿。

医薬経済社
日刊速報紙 RISFAX、雑誌「医薬経済」（月２回）発行する業界専門情報誌。
「歪んだ権威」「海の見える病院」「珈琲一杯の薬理学」など書籍も多数発行する出版社。

私のエンディングノート25
My Ending Note

2020年4月7日　初版発行
共　著　奈良林和子
　　　　医薬経済社
装　丁　佐々木秀明
発行者　藤田貴也
発行所　株式会社医薬経済社
　　　　〒103-0023 東京都中央区日本橋本町 4-8-15
　　　　ネオカワイビル 8 階
　　　　電話 03-5204-9070　Fax 03-5204-9073
印刷所　モリモト印刷株式会社

ISBN 978-4-902968-63-7